SUSANNE ROLL

SONNY – DER GROSSE TRAUM

SUSANNE ROLL

SONNY –
DER GROSSE TRAUM

neukirchener

camino.

FSC
www.fsc.org
MIX
Papier aus verantwortungsvollen Quellen
FSC® C014138

Bibliografische Information der Deutschen Nationalbibliothek:
Die Deutsche Nationalbibliothek verzeichnet diese Publikation in der Deutschen Nationalbibliografie; detaillierte bibliografische Daten sind im Internet über http://dnb.d-nb.de abrufbar.

Koproduktion mit camino im Verlag Katholisches Bibelwerk GmbH, Stuttgart

Umschlaggestaltung: Grafikbüro Sonnhüter, www.sonnhueter.com, unter Verwendung eines Bildes © Irina Qiwi, Djomas, ValoValo (shutterstock.com)
Lektorat: Anja Lerz, Duisburg
DTP: Magdalene Krumbeck, Wuppertal
Verwendete Schrift: Adobe Garamond Pro, Pinto No_01
Gesamtherstellung: Finidr, s.r.o.
Printed in Czech Republic
ISBN 978-3-7615-6637-4 (neukirchener verlag)
ISBN 978-3-7615-6638-1 (Hörbuch)
ISBN 978-3-96157-123-9 (camino)

www.neukirchener-verlage.de
www.caminobuch.de

Für alle kleinen und großen Friedensstifter

INHALT

PROLOG

Wo beginnen? Stellt man sich diese Frage nicht immer am Anfang? Kennt ihr das: absolute Leere im Kopf, obwohl ihr einen Aufsatz schreiben sollt? Wenn das Papier rein und unbeschrieben weiß vor euch leuchtet? Wenn es leer ist und leer bleibt, euch leer anstarrt in euren leeren Kopf hinein?

Ohne Buchstaben, ohne Wörter, ohne Sätze und somit ohne Sinn, ohne Geschichte liegt es da. Und in eurem Schädel ist es genauso leer. Reines, pures Vakuum. Eigentlich sollten von hier die Wörter kommen, doch in welcher Ecke meines Gehirns ich auch suche, da versteckt sich einfach nichts, das ich hervorzerren könnte.

Vielleicht hat das Papier eine eigene Geschichte? Ich starre es also an, damit es mir etwas erzählt, es starrt zurück, und ich versuche, seine Geschichte zu ergründen. Wenn es eine eigene Geschichte hat, so kenne ich sie zumindest nicht. Aber ich kenne meine Geschichte. Außerdem kenne ich die Geschichte eines Mannes, dessen Taten, dessen Worte immer mehr mit meinem eigenen Leben zu verschmelzen schienen. Wut und Zorn, Angst und Unsicherheit standen zu Beginn. Ob es ratsam ist, damit eine Geschichte zu beginnen? Schreckt das nicht ab?

Doch es ist, wie es ist. Das ist nun mal der Beginn, der Anfang. Obwohl, wenn ich so darüber nachdenke, war es für mich eher das Ende. Beinahe der Weltuntergang. Da waren Frust und auch Erschrecken, Unmut und Entsetzen …

Erstaunlich! War das Papier eben noch weiß und leer, stehen hier nun die ersten Worte und Sätze und die Geschichte hat begonnen. Also gut, so schreibe ich nun für euch meine Geschichte auf, der Reihe nach und schön geordnet, auch wenn das Chaos mich umgab – am Anfang. Mein Name ist Sonny und ich bin schwarz und ich bin der, der euch diese Geschichte erzählt.

***

KAPITEL 1

AB INS KAFF

Der Cursor meines Laptops blinkte. Sein Rhythmus schien hohl, fast übelkeiterregend gleichmäßig. Der schwarze Strich tauchte im Sekundentakt hinter dem Buchstaben »f« des Wortes Jansdorf auf und verschwand wieder, tauchte auf und verschwand. Jansdorf, ein Ort in der Nähe von Osnabrück. Jansdorf, wie der Name schon sagt, ein Dorf – ein sehr kleines Dorf. Jansdorf, das Kaff.

Mama jedoch hatte es *Idyll* genannt, Papa *die Insel der Seligen*, *eine Oase*, *ein Paradies* für Ruhebedürftige, *einen Rückzugsort* und *Traum aller Träumenden*. Heile-Welt-Gefasel war das! Papa konnte so den ganzen Tag daherreden, unermüdlich, und die Vorzüge des Ortes anpreisen, in dem wir bald wohnen würden.

Fast hatte er auch mich überzeugt, dass alles toll und gut sein würde. Und am Anfang war es das auch. Am Anfang …

Wieso wir umziehen wollten? Nun ja, Mama war wieder schwanger geworden. Ich würde eine Schwester bekommen. Mamas Argument war, dass es für kleine Kinder auf dem Land viel schöner sei, sie könnten dort unbeschwerter aufwachsen. Ich fragte mich, wieso sie dieses Argument nicht auch bei meiner Geburt vorgebracht hatte. Vielleicht, weil ich ein Junge war? Oder einfach, weil es gerade nicht gepasst hatte, aufs Land zu ziehen, damals bei meiner Geburt?

Damals hatte mein Vater gerade erst sein Betriebswirtschaftsstudium abgeschlossen und bei einer großen Unternehmensberatung als Juniorberater angefangen. Meine Mutter tüftelte an ihrer Doktorarbeit herum. Eigentlich sollte ich erst ungefähr vier Jahre später kommen, oder so. Aber so war das Leben, nicht immer ging alles auf die Art, wie man sich das wünschte.

Ich kam also zur Welt, vor zwölf Jahren, in Hamburg, meiner absoluten Lieblingsstadt. Wir wohnten in einer zweistöckigen kleinen Wohnung mitten im Getümmel an der Elbe, hatten einen winzigen grünen Blick vom Balkon auf alte Kastanien, die in unserer Straße standen und konnten sogar zu Fuß das Wasser erreichen.

Ich liebte mein Zimmer in der oberen Etage, Rafael Nadal an der Wand, Gaming-PC auf dem Schreibtisch und einen Bequemsessel zum Entspannen und Chillen vor meinem Bett. Die gesammelten Filme von Will Smith hatte ich im Regal stehen: Ich liebte seine Filme und hatte sie rauf und runter gesehen. Er war mein Vorbild und mein absoluter Lieblingsschauspieler. Hammer, wie er in »Men in Black« die Außerirdischen gejagt oder sie in »Independence Day« plattgemacht hatte. Nachdem ich den Film »Karate Kid« gesehen hatte, in dem sein Sohn die Hauptrolle spielte, trainierte ich jeden Tag mit zwei schweren Büchern als Hanteln und baute meinen Bizeps auf. Ich machte Situps und Kniebeugen und joggte am Wochenende an der Elbe entlang.

Ich hatte eine wirklich coole Kindheit, obwohl meine Eltern mitten im Berufsleben steckten und viel zu tun hatten. Direkt vor meiner Zimmertür führte eine mit Teppich bezogene Treppe hinunter ins Erdgeschoss. Ich musste jedes Mal lächeln, wenn Mama mir erzählte, dass sie mit ihren Forschungsergebnissen über Viren und Schutzimpfungen, die sie für ihre Doktorarbeit zusammentrug, auf der Treppe gesessen hatte, nur damit ich lernte, selbstständig hinunterzukrabbeln. Schon als ich gerade erst laufen konnte, hatte ich versucht, das Schutzgitter, das oben und unten an der Treppe montiert war, zu überklettern. Von da an hieß es immer: oben an der Treppe anhalten, hinknien, umdrehen und mit den Füßchen zuerst, Po voran Stufe um Stufe hinunter. Zwei Wochen dauerte diese Übung, dann hatte ich begriffen, wie es ging und das Gitter an der Treppe konnte endgültig abgebaut werden.

Mit zwei Jahren brachte Mama mich vormittags zu unserer Nachbarin Effi, damit sie ihre Doktorarbeit zu Ende schreiben konnte. Effi hatte eine Tochter, die etwas älter war als ich, Johanna. Mit ihr spielte und stritt ich. Ein halbes Jahr später kam Maurice dazu, der schwarze Maurice, der dunkelhäutig war wie ich, mit schwarzem, krausem Haar. Doch während ich, oder vielmehr meine Mutter, aus Amerika stammte, kam Maurice gebürtig aus Kenia.

Maurice war pechschwarz, ich eher schokobraun, denn mein Vater war ja Deutscher und hellhäutig. Maurice war der Espresso, ich eher so der Cappuccino. Ich musste bei dem Vergleich immer grinsen. Mein Vater sagte zu Mama immer »meine schwarze Perle aus Phoenix« oder »Schokotoffee«, während sie ihn liebevoll »mein Vanillepuddeling«

nannte. Sie konnte das Wort nicht gut aussprechen, als sie neu nach Deutschland kam und dann war es als Kosename für Papa geblieben. Mama also Schokotoffee, Papa Vanillepuddeling. Wenn ich mich selbst als etwas bezeichnen würde, dann war ich so ein Zwischending, ein schokobrauner Vollmilchjoghurt, sozusagen. Aber das war nie ein Problem. Die Hälfte meiner Klassenkameraden war andersfarbig und nur die wenigsten Kinder waren ariel- oder persilweiß, weißer als weiß.

Als ich drei Jahre alt war, durfte ich in den Kindergarten gehen. Von da an war ich Mitglied der Bärengruppe. Mein bester Freund Maurice aber wurde ein Tiger. Dennoch sahen wir uns täglich, entweder beim Spielen draußen im Kindergarten oder nachmittags zu Hause, wenn Mama aus dem Krankenhaus oder dem Labor wieder da war.

Wir standen nebeneinander bei der Einschulung. Maurice hielt eine Schultüte im Arm, die mit Fotos von Boateng beklebt waren, während von meiner Schultüte das Zeichen der »Wilden Kerle« grinste.

Wir gingen in die gleiche Klasse, in den gleichen Fußballverein, spielten Tennis und trainierten in der Halfpipe gemeinsam mit dem Skateboard. Wir gingen sonntags in den Kindergottesdienst und an Weihnachten wechselten Maurice und ich uns damit ab, Kaspar, den Mohren zu spielen, einen der heiligen drei Könige, die Geschenke an die Krippe zu Jesus trugen.

Mama kam – wie gesagt – gebürtig aus Phoenix, der Stadt in der Wüste Arizonas. Sie war dort aufgewachsen, war dort zur Schule gegangen und hatte dort Medizin studiert. Wie mein Vater sie kennenlernte, fragt ihr? Nun, zu seinem Studium gehörten mindestens zwei Semester, die er im Ausland an einer Universität verbringen musste. Das erste Semester studierte er in La Rochelle an der Atlantikküste in Frankreich. Er sagte immer, das war das Schlimmste, was ihm passieren konnte, denn in La Rochelle gab es hundert und mehr Fischrestaurants – und er hasste Fisch! Das zweite Auslandssemester verbrachte er dann an der Thunderbird University für globales Management in Phoenix, Arizona.

In einer Studentenbar lernte er Mama kennen. Sie hatte an einer Karaoke-Show teilgenommen und ihn sofort verzaubert, wie er es ausdrückte. Von da an trafen sie sich jedes Wochenende und unternahmen auch kleine Ausflüge miteinander. Sie besuchten Las Vegas, fuhren in den Zion-Canyon und auch zum Grand Canyon. Einmal wurden sie sogar oberhalb von Flagstaff vom frühen Schnee überrascht. Papa erzählte, dass er sich erst daran gewöhnen musste, vormittags noch in Phoenix bei 30 Grad in der prallen Sonne zu brutzeln und dann nachmittags nach Flagstaff zum Skilaufen zu fahren. Aber, so schmunzelte er immer, die USA seien nun einmal das Land der Extreme. Und extrem verliebt war er in Mama. Als der Abschied kam und Papa zurück nach Deutschland musste, war beiden klar, dass das nicht so einfach ging. Sie suchten nach einer Lösung und fanden auch eine.

Papa flog nach Deutschland, schrieb dort seine Prüfungen und kehrte dann im Januar und Februar für ein zweimonatiges Praktikum ins World Trade Center nach Phoenix zurück. In dieser Zeit sahen sie sich fast täglich und schmiedeten Pläne für ihre Zukunft.

Das Resultat war eine Hochzeit, ein Umzug und eine Reise ins ferne Deutschland. Mama belegte einen Deutschkurs, sah deutsche Filme und las deutsche Kinderbücher, bis sie die Sprache einigermaßen beherrschte. Sie studierte in Hamburg zu Ende. Dann begann sie mit ihrer Forschung und stellte eines schönen Tages fest, dass ich mich ankündigte. So viel zu meiner Entstehung.

Bis hierher liebte ich also mein Leben. Ich mochte Hamburg, ich mochte meine Freunde, meine Vereine, ich liebte den HSV (auch wenn er abgestiegen war), und verbrachte jede freie Minute mit Maurice.

Meine Kindheit war also mega. Was immer das auch heißen mochte, »unbeschwert aufzuwachsen«, meine Kindheit ist voll unbeschwert gewesen. Genial geradezu. Und das in einer der größten Städte Deutschlands … Das »platte Land«, das »ländliche Idyll«, das »Paradies« und der »Traum aller Träumenden« hat mir nicht gerade gefehlt.

Doch ich wollte nicht trotzig sein. Sicherlich hatte auch Jansdorf seine Vorzüge. Wenn es wirklich besser war für ein kleines Mädchen, auf dem Land aufzuwachsen … so what? Klar würde mir Maurice fehlen. Aber ich stellte mich dann eben darauf ein, ins »ländliche Idyll« zu ziehen, wie Papa das nannte, und freute mich auf die Geburt meiner kleinen Schwester.

***

KAPITEL 2

CAPPUCCINO MIT KARAMELL

Ich muss gestehen, das Haus, das sich meine Eltern ausgeguckt hatten, war super. Es lag etwas zurück von der Straße am Rand einer Siedlung und war umgeben von alten Bäumen. Nach hinten raus begrenzten es Felder und ein kleiner Wasserlauf, der sich durch Wiesen schlängelte.

Dort am Bach lag ein maroder, morscher Holzsteg mit einer Anlegestelle für ein Boot oder Kanu. Mit etwas handwerklichem Geschick und einigen neuen Brettern konnte man den sicher instand setzen. Eine riesige Weide ließ ihre Zweige tief bis in das Wasser herabfallen. Im Sommer war das bestimmt ein toller Ort zum Chillaxen.

Die Zufahrt zum Haus war geschottert und mündete dann in einen breiten Kiesweg, der vor dem Haus in ein Rondell führte. Inmitten des Rondells stand eine Kastanie, die ihre ausladenden Zweige in alle Richtungen streckte. Als wir das erste Mal hierhergekommen waren, war es Winter und wirkte trostlos und grau. Alles war ein wenig verwildert und unaufgeräumt, aber ich liebte diesen Baum, das Haus und den Bach sofort.

Hinter dem Haus lag eine riesige Rasenfläche, durchlöchert von zahlreichen Maulwurfshügeln, doch ich sah vor meinem geistigen Auge bereits zwei Fußballtore rechts und links darauf stehen und mich mit Maurice beim Spielen. Ach nein, nicht mit Maurice. Denkfehler. Aber sicherlich würde er mal an den Wochenenden kommen können. Oder in den Ferien.

Papa hatte sofort den Platz zwischen zwei Apfelbäumen beansprucht, zwischen die er eine Hängematte spannen würde und Mama hatte Pläne für eine Sandkiste und ein Spielhäuschen gemacht.

Nachdem dann der Kaufvertrag unterschrieben war, hatte Papa einen Gärtner beauftragt, alles zu richten und »in Schuss zu bringen«, wie er sich ausdrückte.

Auch im Haus sollte einiges umgebaut und renoviert werden. Im Erdgeschoss wurden Wände herausgebrochen und neu gesetzt, denn es sollte ein offener Wohnbereich entstehen, mit einer Kochinsel und gemütlicher Kaminecke. Dazu kamen der Hauswirtschaftsraum, ein Gäste-WC mit Dusche, ein Gästezimmer, das gleichzeitig Papas Arbeitszimmer sein sollte, und ein großzügiger Eingangsbereich, in dem genug Platz für meinen Kicker war.

Im Obergeschoss sollte es dann zwei Kinderzimmer geben, ein Arbeitszimmer für Mama, ein Bad und das Schlafzimmer meiner Eltern. Auch der Dachboden sollte so ausgebaut werden, dass ich dort mit meinen Freunden abhängen oder mich zurückziehen konnte, wenn es mir unten zu hektisch wurde.

Mama meinte, dass das wichtig für mich sei, denn »kleine Schwestern, so sehr man sie auch liebte, konnten besonders in der Anfangsphase ihres Seins, sehr anstrengend und nervig sein«. So ungefähr drückte sie das jedenfalls aus.

Eine Wendeltreppe sollte hinauf in mein Reich führen. Auch einen Keller gab es. Ursprünglich war er nur Vorrats- oder Kohlenkeller gewesen. Jetzt sollte er gedämmt, isoliert und wohnlich gemacht werden und einen Hobbyraum beherbergen, dazu eine Sauna und natürlich einen Abstellraum für Gerümpel.

Das also war die Planung. Wir waren am Anfang einige Male da gewesen. Meine Eltern hatten mit dem Bauträger gesprochen und auch ich durfte dem Architekten sagen, wie ich mein Zimmer haben wollte. Das war voll cool, sag ich euch. Auch das Dorf, die Schule, den Verein haben wir uns angeschaut. Was mich betraf, so war ich nach all dieser Zeit des Planens ziemlich sicher, dass es mir hier doch gefallen würde. Ich konnte morgens mit dem Fahrrad zur Bushaltestelle fahren, dort parken und dann weiter mit dem Bus zum Gymnasium. Auch das Schwimmbad, der Fußballplatz, der Tennisverein und die Einkaufsläden waren mit dem Rad zu erreichen. Die Wege waren übersichtlich, das Dorf beschaulich, alles in allem also recht vielversprechend.

Viele Hunde gab es in Jansdorf. Ich schätzte, dass auf jeden zweiten Einwohner mindestens ein Hund kam. Aber auch das war kein Problem, ich liebte Hunde. Gewöhnungsbedürftig war allerdings der Geruch, wenn die Schweineställe bei gutem Wetter gelüftet wurden. Der Gestank war ganz schön … puh, wenn ihr wisst, was ich meine.

Im Februar und März war ich dann nicht mit nach Jansdorf gefahren. Ich hatte es meinen Eltern überlassen, abwechselnd nach dem Rechten zu sehen. Im April fuhr auch

Mama nicht mehr hin. Ihr Bauch war mittlerweile so groß – und nach ihren Worten auch so schwer – wie eine überdimensionale Wassermelone.

Im Mai jedoch fuhren wir alle noch einmal hin, bevor dann der Umzug Ende Juni über die Bühne gehen sollte. Die Sommerferien würden am 28. Juni beginnen und dann hieß es – zwar nicht *Goodbye, Deutschland,* aber doch goodbye, Hamburg.

Als ich dann, wie gesagt, im Mai, also drei Monate später, wieder nach Jansdorf kam, war ich geplättet. Der Kiesweg war gesäubert, das Unkraut entsorgt, die Büsche entlang der Einfahrt gestutzt und in Form geschnitten. Die Fassade des Hauses hatte einen frischen weißen Anstrich bekommen, neue Fenster strahlten in der Sonne und der Rasen ringsherum lag sattgrün und saftig schlummernd. Alles blühte und grünte und meine Kastanie hatte ihre wunderbaren Blätter in den Himmel gehoben. Der Maulwurf war umgezogen, der Rasen geglättet und neu eingesät und das erste von zwei Fußballtoren war bereits im Boden verankert.

Der Eingangsbereich war senfgelb gestrichen, leuchtete freundlich und satt. Die alten Holzbalken hatte der Architekt stehen gelassen. Sie bildeten einen grandiosen Kontrast zur modernen Gestaltung der anderen Räume. Küche, Essbereich und Wohnzimmer gingen ineinander über, nur die Kochinsel bildete eine Abgrenzung und auch der Kamin, der beidseitig zwischen Ess- und Wohnbereich mitten in der Wand installiert war.

Bis auf kleinere Arbeiten an Papas Arbeitszimmer und dem Hauswirtschaftsraum war alles fertig. Mein Zimmer war schon komplett gestrichen und eingerichtet. Ich hatte neue Möbel bekommen, sogar ein neues Bett. Unter der schrägen Wand prangte ein Schneeleopard in Lebensgröße und ein Moskitonetz, das von der Decke hing, sorgte für Behaglichkeit. Meinen Bequemsessel aus Hamburg allerdings würde ich noch mitbringen müssen und natürlich alle meine persönlichen Sachen.

Witzig fand ich die Idee mit dem Fotovorhang. Mama hatte einen durchsichtigen Vorhang aus weichem Kunststoff gekauft, der hundert Fototaschen von jeder Seite hatte. Einige Fotos aus meiner Kindheit, meinen Verwandten aus Phoenix und auch von Maurice hatte sie schon hineingesteckt und ihn dann unter die Schräge vor mein Bett gehängt. Das war mega gemütlich und machte sicherlich auch Spaß, ihn mit neuen Fotos zu füllen.

Ich ertappte mich bei dem Gedanken, dass ich es tatsächlich kaum noch abwarten konnte, hierherzuziehen. Ich war bereits auf der neuen Schule angemeldet und dem Tennis- und Fußballverein beigetreten. Jepp, das neue Schuljahr, das neue Leben, meine Schwester … alles konnte kommen.

Als wir von unserem Ausflug nach Jansdorf zurück nach Hamburg gekommen waren, schien mir unsere Wohnung, auch wenn sie zwei Stockwerke hatte, beschränkt und klein und trotz der Größe der Stadt schien mir doch plötzlich alles eng und bedrängend. Ich vermisste jetzt schon den weiten Blick auf die Wiesen und Felder, auf meinen Baum und den Bach hinterm Haus.

Meine Mutter versicherte mir, dass meine Schwester spätestens Mitte Juni auf der Welt sein und sich der Umzug auf gar keinen Fall verzögern würde.

In den nächsten Wochen packte ich also meine Habseligkeiten in Umzugskartons, meine DVDs, meine Poster, meinen PC ... Mit Maurice zusammen sortierte ich die alten Sammelkarten der Bundesliga und ich schenkte ihm viele, die ich doppelt hatte.

Eines Nachts wurde ich wach, weil hektisches Treiben vor meiner Zimmertür, Gezischel und Getuschel mich weckten. Ich stand auf, schlurfte zur Tür und warf einen verschlafenen Blick durch den Spalt.

Papa entdeckte mich und sagte nur: »Es ist soweit, Sonny! Deine Schwester kommt. Tante Sophia ist gleich hier. Sie bleibt bei dir.«

Als ob ich noch ein kleines Kind wäre! Ich war schon öfter mal allein geblieben, wenn meine Eltern ausgegangen waren. Na ja, aber eine ganze Nacht war ich noch nicht allein geblieben, das stimmte schon. Trotzdem hätte ich das sicherlich hinbekommen.

Aber Tante Sophia war cool. Sie würde nicht nerven.

Mama kam mit schmerzverzerrtem Blick an mir vorbei, die rechte Hand auf den Bauch gepresst. Ihre dunkle Haut wirkte merkwürdig bleich und ihr Haar klebte ihr wild und lockig auf der Stirn. Als sie mich sah, lächelte sie mir dennoch zu und versuchte, tapfer zu wirken.

»Nur noch wenige Stunden«, hauchte sie, warf mir eine Kusshand entgegen und schlurfte auf Papas Arm gestützt auf die Wohnungstür zu.

Sechs Stunden später, um zehn Uhr morgens, war Sally da. Tante Sophia und ich fuhren ins Krankenhaus und besuchten das neue Leben, das sich den Weg in unsere Welt gebahnt hatte. Es erging mir ähnlich wie mit meiner Kastanie: Als ich Sally sah, war ich sofort verliebt. Ihr könnt euch nicht vorstellen, wie winzig ihre Fingerchen waren, wie süß das Schmatzen, wenn sie versuchte zu trinken. Sie war nicht ganz so dunkel wie ich, vielleicht eher ein Cappuccino mit Karamellgeschmack als Cappuccino pur, aber sie hatte genauso schwarze krause Haare wie ich.

Noch zwei Wochen mussten wir in Hamburg bleiben. Und die Wohnung erschien mir immer enger. Nun endlich verstand ich auch Mamas Worte: »Sonny, Schatz, du wirst den Rückzugsort auf dem Dachboden für dich brauchen …« Sally konnte endlos wimmern, oder, wenn es ganz dick kam, schreien, als würde die Welt untergehen. In dieser Zeit waren Ohropax oder meine Kopfhörer meine liebsten Freunde. Meine Bruderliebe wurde in diesen Phasen, wenn Sally besonders die hohen, schiefen und schrillen Töne übte, arg auf die Probe gestellt. Und wenn Mama mich auch noch bat, die Windeln zu entsorgen, weil sie die Treppen noch nicht steigen konnte, lief das Fass fast über. Meine Güte, puh, das war fast schlimmer als die gelüfteten Schweineställe in Jansdorf.

Und dann kam der große Tag, endlich. Ein Umzugswagen hielt unten auf der Straße, direkt zwischen den Kastanien. Nach nur drei Stunden war unsere Wohnung leergeräumt. Leider hat es mein Nadalposter nicht überlebt, ich hatte es so gut mit Kleber an der Wand befestigt, dass es beim Versuch, es abzunehmen, in Streifen gerissen war. Schade.

Wir gingen ein letztes Mal durch die Zimmer und nahmen Abschied.

Tante Sophia war gekommen und auch Maurice war da. Sie begleiteten uns bis zum Auto. Maurice hielt eine lange, schmale Papprolle in der Hand. Während er mich zum Abschied kurz umarmte und mir unbeholfen auf die Schulter klopfte, drückte er mir die Rolle in die Hände.

»Ein neues Poster für deine Wand«, sagte er leise, »kein Rafa Nadal, aber vielleicht gefällt es dir ja trotzdem!« Dabei sah er zu Boden oder auf seine Füße, ich konnte es nicht sagen. Aber ich verstand ihn, mir fiel der Abschied ebenso schwer, auch wenn es jetzt hieß, cool auszusehen.

Tante Sophia und Maurice standen noch lange auf der Straße und winkten uns nach, als unser Auto startete und dem Möbelwagen hinaus aus Hamburg folgte.

***

KAPITEL 3

PEST UND CHOLERA

Das Einleben im Haus ging ganz schnell. Das Umzugsunternehmen brachte meinen Sessel und meine Kartons in mein Zimmer und schwupps war es auch schon mein neues Zuhause. Ich kramte in einer der Kisten nach einer Schere, ließ mich in meinen Sessel fallen und öffnete schließlich die Papprolle von Maurice.

Vorsichtig entfernte ich das Klebeband vom Deckel und mit einem leisen »Plopp« zog ich ihn von der Rolle. Innen drin steckte ein aufgerolltes Papier. Ich zog es vorsichtig heraus. Es hatte an den Rändern leichte Gebrauchspuren und ein Gummiband hielt es noch zusammen. Als ich es abgestreift hatte und das Plakat auseinanderzog, pfiff ich durch die Zähne. Völlig perplex starrte ich es an.

Maurice hatte mir sein Lieblingsposter geschenkt. Seit ich ihn kannte, hatte das immer an seiner Zimmertür geklebt. Und ich weiß noch, wie heißblütig er von dem Mann erzählte, dessen Zitat darauf abgedruckt war: Martin Luther King – ein farbiger Bürgerrechtler aus den USA, der gewaltfrei gegen die Rassentrennung demonstrierte und all dem Unrecht, dem farbige Menschen ausgesetzt waren, tapfer gegenübertrat. Er kämpfte gegen Unterdrückung und soziale Ungerechtigkeiten und setzte sich für die Rechte der Afroamerikaner ein. Kein Wunder, dass er der Held, das Idol von Maurice war. Während ich Will Smith verehrte, verehrte Maurice Martin Luther King. Und jetzt hatte er es hergegeben, hatte es mir geschenkt. Ich betrachtete es aufmerksam.

In der Mitte des Posters ist der Kopf einer farbigen Frau zu sehen. Sie schaut mit großen, schönen Augen nach oben in den Himmel. Umgeknickte Bäume liegen überall herum und ein kleiner dünner Stamm steht noch vor ihrem Gesicht. Links am Rand ist der Text von Martin Luther King abgedruckt:

I have a dream

Ich habe einen Traum
»Für uns soll als selbstverständlich gelten:
Alle Menschen sind als gleich geschaffen.«
Ich habe einen Traum,
dass meine vier kleinen Kinder eines Tages in einer Nation leben werden, in der man sie nicht nach ihrer Hautfarbe, sondern nach ihrem Charakter beurteilen wird.
Ich habe einen Traum,
dass eines Tages [...] kleine schwarze Jungen und Mädchen die Hände schütteln mit kleinen weißen Jungen und Mädchen als Brüder und Schwestern.
Ich habe einen Traum heute!

… und noch einige Sätze mehr. Ich stand auf und kramte erneut in der Kiste nach Klebeband. So wie bei Maurice, sollte es auch bei mir an der Zimmertür kleben. Maurice hatte vorsichtig nur die Klebestreifen am Rand abgeschnitten und sie auf den Ecken des Posters kleben lassen. Ich drückte das Poster gegen die Tür und klebte meine Streifen darüber. Dann trat ich einen Schritt zurück und betrachtete mein Werk. Jetzt war ich wirklich zu Hause. Und ein Stück von Maurice würde immer bei mir sein.

Ich griff nach meinem Handy, machte ein Foto und schickte ihm eine WhatsApp. Nur eine Sekunde später kam die Antwort: Ein Smiley und ein hochgereckter Daumen, natürlich in Schwarz. So war Maurice.

Von unten rief mein Vater nach mir. Als ich die Treppe hinuntersah, stand er da in voller Montur: Handwerker-Overall, feste Schuhe, Gürtel mit Hammer, Schraubenzieher, Zollstock um die Taille.

»Kann's losgehen?«, fragte er und lächelte schief. Er trug sonst maßgeschneiderte Anzüge und Schuhe von Lloyd oder Bugatti. Ihn so zu sehen war fast komisch.

Papa hatte sich für die ersten zwei Wochen freigenommen, um selbst noch Hand anzulegen, mit Nagel und Hammer durch die Gegend zu laufen, dies und das umzugraben und schließlich den alten Steg am Wasserlauf in Angriff zu nehmen. Aus dem Baumarkt hatten wir eine Bohrmaschine besorgt, von einem Sägewerk im Nachbarort dicke Holzbohlen gekauft.

Es war schön und tat gut, Papa einmal ganz für mich zu haben. Durch seinen Beruf war er viel unterwegs. Manchmal sah ich ihn eine ganz Woche nicht. Er flog nach England, nach Schottland, nach Frankreich, Spanien und auch über den großen Teich nach Amerika, nach Dubai oder Saigon, je nachdem, wo er seine Vorträge halten oder Kundengespräche führen musste. Sicher, das war ein cooles und aufregendes Arbeitsleben, aber ich vermisste ihn schon sehr, besonders, als ich noch jünger war und besonders, wenn er dann auch noch übers Wochenende wegblieb.

Jetzt war er also zwei ganze Wochen zu Hause. Wir rissen die alten Bretter vom Steg ab, erneuerten die Stützpfeiler, sägten, hämmerten und schraubten wie die Weltmeister. In den Pausen saßen wir unter der Weide, tranken eiskalte Cola oder spielten eine Runde Fußball.

Dann kam der letzte Tag und mein Vater musste wieder los. Aber ich hatte mich inzwischen gut eingewöhnt. Mit dem Fahrrad hatte ich die Gegend erkundet, hatte meiner neuen Fußballmannschaft bei einem Freundschaftsspiel zugesehen und mich im Tennisverein blicken lassen. Rainer war der Trainer dort, er hatte mich herzlich begrüßt. Ich sollte mit Johannes im Doppel trainieren und spielen. Das ging für mich soweit klar. Am Sonntag war ich dann auch das erste Mal mit Papa in der kleinen Kirche gewesen.

Klar, die Leute schauten neugierig, manche tuschelten leise miteinander, als sie uns, nein, mich sahen, aber das war okay. Die Neuen wurden doch immer schief angeguckt. Das würde sich schon legen, habe ich mir gedacht.

Doch nach einer weiteren Woche nahm das Getuschel fast noch zu und nicht ab, wenn ich im Einkaufsladen oder beim Bäcker auftauchte. Ich hielt nun meinerseits meine Augen auf, versuchte, mir Gesichter und Namen zu merken, begegnete allen höflich, wie ich es gelernt hatte. Doch als ich dann mit Mama, die Sally im Kinderwagen vor sich herschob, Samstagnachmittag auf dem Erdbeerfest auftauchte, brach erneut ein Geflüsterfeuer los und die neugierigen Blicke mischten sich bei vielen mit Abneigung und Argwohn.

Maurice hatte mir so Allerlei von Martin Luther King erzählt, von der Ungerechtigkeit der Rassentrennung, dass die farbigen Kinder nicht in die gleichen Schulen hatten gehen dürfen wie die weißen, dass es Restaurants gegeben hatte, in die kein farbiger Mensch seinen Fuß setzen durfte. Ich hatte ihm dann immer ungläubig gelauscht und den Kopf geschüttelt. Schließlich hatte er mich überredet, für den Geschichtsunterricht ein Referat über Martin Luther King zu halten, damit ich mehr Grips im Kopf haben würde, wie Maurice sich ausdrückte. Doch auch nachdem ich hundert Internetseiten durchforstet, Fotos oder Videos angesehen, Biografien gelesen, Statements bzw. Zitate auswendig gelernt hatte, zweifelte ich weiter an Maurice' Aussagen, was den Rassismus in der heutigen Zeit betraf. »Das sind doch längst vergessene Zeiten«, hatte ich dann immer erwidert, »Martin Luther King ist doch längst tot und die Rassentrennung gibt es nicht mehr!«

Doch Maurice war da skeptisch. »Nur weil wir hier in diesem Stadtviertel nicht mit Anfeindungen zu tun haben«, sagte er dann immer, »heißt das nicht, dass sie nicht da sind. Hamburg ist groß. Auch hier gibt es Menschen, die was gegen uns haben.«

Und mit »uns« meinte er nicht nur alle Farbigen, egal wie dunkel oder hell sie waren, sondern eben alle Ausländer. Mir war das nie so wichtig. Ich dachte auch nicht groß darüber nach. In unserem Viertel lebten alle möglichen Menschen: Farbige aus Ghana, Kenia, ein Marokkaner, Menschen aus den USA, aus Jamaika, von den Philippinen, es waren Türken da, Griechen, Asiaten und sogar eine Studentin aus Grönland, die noch gelernt hatte, wie man Robben jagt.

Meine Hautfarbe hatte nie eine Rolle gespielt. Bis jetzt.

Meine Antennen standen auf Alarm, doch Mama schien das nicht zu bemerken, oder wenn doch, schien sie das gut zu verbergen. Auch sie begegnete den Menschen freundlich, grüßte und hielt schließlich vor einem Stand mit selbstgemachter Erdbeermarmelade in kleinen Gläsern, mit rotweißkarierten Tüchlein über dem Deckel.

»Ach, wie hübsch«, sagte sie zu mir, »das wäre das richtige kleine Mitbringsel für deine Oma!« Sie nahm eines der Gläschen in die Hand und drehte es vorsichtig.

Die Verkäuferin hinter dem Stand kam heran.

»Ich hätte gerne fünf davon«, sagte Mama und lächelte. Sally regte sich und begann zu quengeln. Mama stellte das Glas wieder ab, bückte sich zu Sally hinunter in den Kinderwagen und zog die Decke zurecht. Sie konnte den Blick der Verkäuferin nicht sehen, aber ich. Darin lag so viel Abscheu, dass es mir fast den Atem nahm.

Als Mama Sally schließlich auf den Arm genommen hatte und sich wieder der Verkäuferin zuwandte, hatte diese ein Lächeln aufgesetzt und ihren vorherigen Gesichtsausdruck hinter der lächelnden Fassade versteckt. Diese Verwandlung erschreckte mich noch mehr. Wie einfach das ging, so als hätte sie auf einen Knopf gedrückt. »Es tut mir leid«, sagte sie an Mama gewandt, »aber die Gläser sind alle schon reserviert. Es ist leider kein einziges übrig. Aber vielleicht versuchen Sie es dort drüben? Bei Frau Hinrichs gibt es sicher noch welche!«

Für einen kurzen Moment starrte meine Mutter sie an, dann setzte auch sie eine Maske auf und erwiderte ungebrochen freundlich: »Vielen Dank trotzdem für Ihre Mühe und danke auch für den Tipp!« Dann drehte sie sich um und schob mit der linken Hand den Kinderwagen, während sie Sally immer noch im rechten Arm hielt.

Ich ging neben ihr. Sagte nichts. Dachte viel. Aus den Augenwinkeln heraus sah ich, dass die Frau hinter uns am Stand das Glas, das Mama in die Hand genommen hatte, mit einem Tuch abwischte. Ich wusste, dass auch Mama das gesehen hatte.

Ich griff nach dem Wagen und sagte: »Lass mich das machen.«

Stumm schritten wir davon. Mama ging nicht zum Stand von Frau Hinrichs und fragte auch woanders nicht mehr nach Erdbeermarmeladegläsern.

»Für heute ist es genug«, sagte sie leise. »Alles kein Problem. Das wird schon, Sonny, die Leute müssen sich erst an uns gewöhnen, so war es immer.«

Bei diesen Worten horchte ich auf. So war es immer? Was hatte meine Mutter erlebt, gesehen, gehört, dass sie diese Worte äußerte? War sie in Hamburg nicht von allen akzeptiert gewesen, hatte Freunde – auch Weiße? Hatte sie so etwas wie eben tatsächlich schon öfter erlebt?

Kurz bevor wir den kleinen Marktplatz verließen, drehten wir uns beide noch einmal einem inneren Impuls folgend um und sahen die Verkäuferin hinter ihrem Stand, wie sie ein ums andere Glas verkaufte und eifrig über den Tresen reichte.

»Meinst du wirklich?«, fragte ich kalt. »Mir kommt es so vor, als seien wir die Pest oder die Cholera, die es auszurotten gilt.«

Meine Mutter sagte nichts.

***

KAPITEL 4

DEMOLIERTES FAHRRAD

Mama blieb weiterhin unerschütterlich freundlich. Egal, ob sie zum Einkaufen ging oder zum Arzt, ob sie Briefe verschickte oder sonst etwas erledigte, sie lächelte den Menschen zu, war hilfsbereit und offen. Sonntags in der Kirche ging sie aufrecht neben Papa und mir, sang mit ihrer wunderschönen Stimme jeden Choral mit und war andächtig im Gebet.

Sie gab den Menschen keinen einzigen noch so kleinen Grund, sie zu hassen, sich vor ihr zu fürchten oder sie nicht zu mögen. Dennoch blieb die Stimmung bis auf wenige Ausnahmen frostig und ablehnend. Frau Hinrichs – Marianne – beispielsweise erwies sich als überaus zuvorkommende und freundliche Person. Sie war die Küsterin der Kirche und begrüßte uns fröhlich.

In Hamburg war das Thema Ausländerfeindlichkeit oder das »Schwarzsein« nicht so sehr ein Problem gewesen, da es viele Kinder wie Maurice oder mich gab. In Jansdorf allerdings waren wir weit und breit die Einzigen. Während Mama weiterhin seelenruhig den Kurs der Freundlichkeit hielt, kochte in mir mit der Zeit Wut hoch.

Ich spürte jeden Tag, dass ich anders war als die anderen, obwohl das vorher nie ein Problem dargestellt hatte. Doch wenn ich ehrlich war, dann waren da nicht nur Wut und Unverständnis, sondern auch Zweifel und Angst. Selbst in den Gottesdiensten, die ich mit meinen Eltern regelmäßig besuchte, wurden wir nach mehreren Wochen immer noch zum Teil merkwürdig angeguckt. Wahrscheinlich unterstellte man uns, dass wir nicht wirklich gläubig waren, vielleicht sogar heimlich muslimisch oder heidnisch oder am allerschlimmsten, dass wir irgendwelche bösen Voodoo-Zauber betrieben.

Dabei war meine Familie, insbesondere die meiner Mutter aus Phoenix, sehr gläubig, sehr christlich. Immer hatten sich meine Tanten, Onkel, Cousinen in der Kirchengemeinde engagiert, im Kirchenchor gesungen oder Basare mitgestaltet.

Doch die Menschen hier in Jansdorf konnten oder wollten das nicht sehen.

Um jetzt nicht ungerecht zu sein, muss ich allerdings gestehen, dass sich die Stimmung einigermaßen neutralisierte. Mama hatte recht behalten. Nach einigen Wochen ebbte das Missbehagen der Bewohner ab und der Großteil hatte sich an uns gewöhnt. Viele begrüßten jetzt auch Mama und mich, waren freundlich, ohne eine Maske aufzusetzen und luden Mama und Sally in die Krabbelgruppe oder Mama zum Strickkreis ein.

Im Tennisverein funktionierte das auch weitestgehend gut. Mir kam zugute, dass ich nicht der schlechteste Tennisspieler war. Rainer verlangte viel von uns, aber er verlangte das von jedem, nicht nur von mir. Johannes war ein stiller, eher schüchterner Typ, der insgesamt nicht viel sprach. Ich konnte also seine mangelnde Konversationsbereitschaft nicht darauf zurückführen, dass ich schwarz war und er nicht mit mir reden *wollte*. Er sprach einfach im Allgemeinen nicht viel. Dafür klappte das Zusammenspiel mit ihm hervorragend und Rainer meldete uns für die Vereinsmeisterschaften als Team an.

Doch die anderen, die wenigen, die da im Halbschatten standen, die nach wie vor flüsterten und abrupt verstummten, wenn wir kamen, die in den Läden tratschten, die fielen blöderweise mehr ins Gewicht. Es waren nur wenige, aber sie verdarben alles.

Als die Schule begann und damit auch das Training im Fußballverein, traf ich genau auf diese Leute. Ich hatte so sehr gehofft, dass die Jungs aus meiner Klasse, die Jungs aus meiner Mannschaft zu den Familien gehörten, die uns mittlerweile freundlich ansahen. Doch das Glück war leider nicht auf meiner Seite.

Während meine Mitschüler auf dem Gymnasium in Ordnung waren und auch eher einen Multikulti-Anstrich hatten (vier Türken, zwei Syrer, eine Armenierin, eine Vietnamesin, ein Junge aus Tunesien), fiel es mir in Jansdorf immer schwerer, Anschluss zu finden. Johannes war beim Tennis okay, darüber hinaus hatten wir aber keinen Kontakt.

Jeden Morgen musste ich mit meinem Fahrrad zur Bushaltestelle fahren, denn das Gymnasium, auf das ich ging, lag in der nächst größeren Stadt. Ich fuhr also unsere Einfahrt hinunter bis zur Straße, bog dann rechts auf den Fahrradweg ein und fuhr etwa einen Kilometer bis zur Bushaltestelle. Dort waren Fahrradständer installiert worden, denn noch mehr Jugendliche aus unserem Dorf mussten mit dem Bus fahren.

Blöderweise lag die Bushaltestelle genau auf dem Weg zur Oberschule unseres Dorfes, wo all die Schüler vorbei mussten, die dort hingingen.

In der ersten Woche war täglich die Luft aus meinen Reifen rausgelassen worden. Als ich dann eine Luftpumpe mitnahm, wurde sie mir geklaut. Als ich meine neue Luftpumpe dann mit in die Schule nahm, damit man sie nicht wieder klauen konnte, war der Vorderreifen zerstochen. In einer anderen Woche war die Kette ab, die Klingel kaputt oder der Sattel beschmiert.

Ich wusste genau, wer dafür verantwortlich war, konnte ihm aber nichts nachweisen: Daniel war der Sohn der Marmeladenverkäuferin vom Erdbeermarkt. Daniel Hoheloh. Er verstand es genauso wie seine Mutter, seinen Unmut auf Knopfdruck zu zeigen oder zu verbergen, je nachdem, was er für angemessen hielt. Er war der Anführer der Jungengruppe in Jansdorf und scharte die anderen Jungs nur so um sich. Da gab es kein Dazwischenkommen.

In den ersten vier Wochen versuchte ich jedoch, freundlich zu bleiben, geduldig zu sein, wie Mama.

»Das legt sich, Sonny«, sagte sie, als ich mein kaputtes Fahrrad wieder unsere Einfahrt hinaufschob. »Irgendwann haben die Jungen genug davon«, fuhr sie fort, »du musst nur die größere Geduld haben!«

Als mein Sattel jedoch nicht nur beschmiert, sondern auch aufgeschlitzt worden war, riss mir der Geduldsfaden. »Das sind Kriminelle«, schrie ich meine Mutter fast an, während mir vor Zorn und Enttäuschung die Tränen in die Augen traten. »Warum muss ich Geduld haben? Warum muss ich mich fügen? Warum muss ich der Gute sein?«

»Weil es sonst noch schlimmer wird«, erwiderte sie leise, »glaub mir bitte, Sonny. Wir müssen immer ein wenig besser sein als andere, damit wir die gleichen Rechte haben!«

»Ich verstehe das nicht!«, schrie ich jetzt ungebremst. »Ich bin doch nicht dadurch schlechter, nur weil ich eine braune Haut habe.«

Mama sah mich traurig an. »Das bist du nicht«, sagte sie leise, »natürlich nicht. Und *wir* wissen das …« Sie machte eine Pause, dann sprach sie fast noch leiser weiter: »Aber die anderen Menschen, die da draußen, die *das* machen …«, dabei zeigte sie auf meinen Sattel, »*die* glauben das nicht! Und du wirst sie nicht durch Gegenwehr oder Aggression vom Gegenteil überzeugen, nur durch Geduld!«

Wütend sah ich sie an. Dann schmiss ich mein kaputtes Fahrrad auf den Weg und stiefelte in mein Zimmer. Ich skypte lange mit Maurice, wie so oft in diesen Tagen. Am liebsten hätte ich selbst auch zum Messer gegriffen und die Reifen der anderen zerstochen, doch Maurice war da ganz Mamas Meinung. Er zeigte viel Verständnis und Mitgefühl, sagte aber: »Gewalt bringt gar nichts, Sonny. Denk an Martin Luther King!«

War ja klar, dass er sein Idol sofort wieder ins Spiel brachte. Ich hatte in den letzten Tagen so viel von Martin Luther King gehört, dass es mir schon fast aus den Ohren wieder rauskam.

»Nur, wer es schafft, den Teufelskreis von Gewalt und Gegengewalt zu durchbrechen, wird am Ende siegen.«

»Aber er wurde ermordet«, sagte ich schlicht, »das hat ihm nicht wirklich was Gutes eingebracht. Er ist tot!«

»Aber nicht seine Idee«, erwiderte Maurice, »nicht sein Traum. Du musst durchhalten, Sonny!«

»Das sagt Mama auch immer«, meinte ich.

»Eine weise Frau, deine Mutter«, lachte Maurice. »Aber ernsthaft mal. Meistens ist es genau einer, der vorangeht, die anderen laufen nur mit. Irgendwann fangen sie an, über sich und ihre Taten nachzudenken, dann werden sie erkennen, dass sie falsch handeln. Das dauert aber ...«

»Daniel«, sagte ich, »das ist derjenige, der vorangeht!«

»Versuch, ihm einfach aus dem Weg zu gehen«, schlug Maurice vor, »und wenn du ihm begegnest, dann sei freundlich!«

»Sagt Mama auch immer.«

»Siehst du? Dann bin auch ich weise!«

Wir lachten.

Abends kam mein Vater zu mir ins Zimmer. Er setzte sich in meinen Sessel und sah sich in meinem Zimmer um. »Schön hast du es hier«, sagte er.

»Ich weiß genau, was du vorhast«, sagte ich und nahm ihm den Wind aus den Segeln. »Sicher hat Mama dich geschickt!«

Mein Vater setzte sich zurecht und nickte. »Sicher«, sagte er. »War klar, dass du den Braten riechst.«

»Du weißt nicht, wie das ist!«, platzte es aus mir heraus und die ganze Wut der vergangenen Tage schoss hinterher. »Du bist nicht schwarz, auch nicht braun, nicht einmal beige!«

»Aber schon grau«, lachte er auf und deutete auf seine Haare.

»Schlechter Witz«, sagte ich. »Ha, ha.«

»Trotzdem weiß ich, dass man sich verbrennt, wenn man dem Feuer zu nahekommt«, erwiderte Papa schlicht. »Man hat Erfahrungswerte, weißt du …«

»Scheiß was drauf …«, fuhr es aus mir heraus, bevor ich es zurückhalten konnte. Ich biss mir auf die Lippe.

Doch Papa war nicht ärgerlich darüber, dass ich dieses Wort benutzt hatte, er hielt mich nicht zurück. Und es tat so gut, endlich einmal alles aussprechen zu dürfen, was mich in den letzten Wochen bewegt hatte.

»… sie meiden mich in den Gottesdiensten, rücken demonstrativ einen Meter von mir weg, wenn wir in den Bänken für die Vorkonfirmanden sitzen, sie fahren ohne mich zum Fußballplatz, lassen mich einfach stehen, zerstören mein Bike, jeden Tag aufs Neue auf eine andere Art, sie sind gemein und voller Vorurteile, sie schubsen mich im Bus … Daniel hat sogar im Konfirmandenunterricht heimlich ›Nigger‹ auf meinen Block geschmiert …« Atemlos hielt ich inne. »Und ich weiß genau, was du jetzt sagen willst«, setzte ich hinzu, bevor mein Vater etwas erwidern konnte, »dass ich geduldig sein soll, dass alles nicht so heiß gegessen wird, wie es gekocht wird, dass sich das legt … blabla …«

»Quatsch«, sagte mein Vater, »nichts dergleichen. Ich finde, du haust ihnen eine rein, so richtig doll, schließlich bist du fit und stark vom Training, du zerschneidest ihre Sättel auch, du rempelst sie an und beleidigst sie. Wehrst dich ruhig ordentlich. Da wollen wir doch mal sehen, wer der Stärkere ist.« Er hatte es ganz ernst ausgesprochen und fast hätte ich ihm geglaubt, als er hinzusetzte: »Und gleich morgen gehe ich zur Polizei und zeige diese Rüpel und ihre Familien an …«

Und da begriff ich. Wenn ich das alles machen würde, wenn mein Vater das machen würde, dann würde sich gar nichts ändern – im Gegenteil. Ich begriff, dass Maurice recht hatte, dass Mama recht hatte, dass ich eigentlich tief in mir auch wusste, dass ich mich so niemals verhalten durfte … und doch … Ich starrte meinen Vater noch ein Weilchen an, dann senkte ich den Blick. Ich war unfassbar traurig.

»Es hätte alles so gut sein können hier«, sagte ich leise.

»Und das wird es, Sonny«, erwiderte mein Vater, »gib nicht auf.«

»Komisch, das hat Maurice auch gesagt.«

»Weiser Mann, dein Freund!«

»Auch das hat er gesagt.« Jetzt musste ich grinsen.

»Du hast da ein wunderbares Plakat an deiner Tür«, sagte Papa. »Martin Luther King hat in seinem Leben viel aushalten müssen: Gewalt, Gefängnis, Anschläge auf sein Leben … aber nie hat er den Glauben an eine bessere Welt aufgegeben.«

»Deshalb ist er auch das Vorbild von Maurice«, sagte ich, »und ich glaube fast, dass Maurice mir das Poster geschenkt hat, weil er ahnte, dass ich es brauchen werde …«

»Weiser Mann, dein Freund«, wiederholte Papa. Er stand auf. Es war alles gesagt und dennoch blieb ich mit leerem Herz und vollem Kopf zurück.

Dann fasste ich einen Entschluss. Es konnte doch nicht so schwer sein, dem Übel mit Freundlichkeit zu begegnen, so wie Mama es machte. Es konnte doch nicht so schwer sein, der Gewalt mit Gewaltlosigkeit zu begegnen, so wie

Martin Luther King es gemacht hatte. Hielt er nicht auch die linke Wange hin, wenn man ihn auf die rechte geschlagen hatte?

Also gut, ich würde es genauso machen. Daniel galt es zu bekämpfen, mit offener Hand, mit freundlichem Sinn. Und hatte sich nicht bereits etwas Kleines verändert? War nicht Markus am letzten Sonntag sitzen geblieben und nicht beiseite gerutscht, als ich in die Kirchenbank gekommen war? Und hatte Lukas mir nicht die Tür aufgehalten, als ich nach dem Fußballtraining als Letzter aus der Umkleide gekommen war?

Ja, es veränderte sich etwas. Langsam, aber doch ... Das gab mir Hoffnung. Ich ertrug die Spötteleien, ich wischte den Sattel sauber, schob das Bike nach Hause, pumpte die Reifen wieder auf, ich lächelte und blieb freundlich, wechselte die ersten Worte mit Lukas, stand in den Pausen bei Markus und seinen Freunden, die nicht aus unserem Dorf waren, und wich Daniel aus, soweit ich es eben konnte.

Gut, dass er nicht in meiner Klasse war, geschweige denn auf meine Schule ging. Doch ich unterschätzte Daniel. Auch er hatte bemerkt, dass sich etwas veränderte. Und das konnte ein Rudelführer nicht zulassen. Mit neuer Härte und Grausamkeit verlangte er von »seinen Jungs« absolute Solidarität. Und es kam, wie es kommen musste. Es kam der Tag, an dem ich aufgab!

***

KAPITEL 5

EIN DUNKLER TAG

Es war wieder Freitagabend, Ende der Woche und Fußballtraining halb sieben. Mein Fahrrad hatte in dieser Woche nicht ganz so viel aushalten müssen. Nur am Mittwoch einen matschigen Sattel, weil es geregnet hatte, das war alles.

Am letzten Sonntag hatte ich mich sogar ein wenig länger mit Markus unterhalten. Wir hatten festgestellt, dass wir die gleichen Sneakers trugen und den gleichen Geschmack hatten, was unsere Hoodies betraf. Er stand auf schwarzweiß und ich ebenso. Ganz zögerlich waren wir ins Gespräch gekommen, dann hatte es schnell an Fahrt aufgenommen: Wir stellten fest, dass er die gleiche Musik mochte und die gleichen YouTuber cool fand wie ich.

»Du kannst ja mal bei mir vorbeikommen«, hatte ich ihm flüsternd zwischen zwei Sätzen unseres Pastors vorgeschlagen, »zum Zocken oder so …«

Er hatte mich unsicher angelächelt, dann aber leicht genickt. Erst als Daniel ihm einen eiskalten bösen Blick zugeworfen hatte, waren wir verstummt.

Das machte mir nichts aus. Nicht mehr. Ich hatte gesehen, dass Markus nett war, ein cooler Typ, der nur ein wenig

Unterstützung brauchte, um sich von Daniels Einfluss zu befreien. Unbeirrbar setzte ich meinen Kurs der Freundlichkeit fort, übersah die unverschämten Gesten von Daniel, überhörte seine Beleidigungen, seinen Spott. Eine kurze Zeit fühlte ich mich stark und heroisch, fast wie ein Held, ein Untergrundkämpfer für eine gute Sache, fast wie Martin Luther King. Doch eins habe ich dabei übersehen: dass ein Kämpfer, so gute Absichten er auch haben mag, nicht jeden Kampf gewinnt. Und am Freitag sollte ich den meinen verlieren.

Es war kurz nach 18 Uhr am besagten Freitag und ich war bereits unterwegs zum Fußballplatz. Gerd, unser Trainer, hatte von Anfang an die anderen Jungen eingenordet und zurechtgewiesen, wenn sie zu hart gegen mich vorgingen, mich nicht anspielten, Pässe an mir vorbeischossen. Er hatte sofort gemerkt, was da abging. Doch er sprach die Sache nicht direkt an, um mich nicht in den Mittelpunkt zu rücken, sondern hielt eine allgemeine Antrittsrede. Jeder hatte hier nach seinen Regeln zu funktionieren, jeder müsse sein Bestes geben, private Streitereien gehörten nicht auf den Platz, persönliche Befindlichkeiten nicht an den Ball oder Spieler.

Er bestrafte mich genauso wie die anderen Jungen und ahndete jeden Verstoß gegen seine Regeln in allerletzter Konsequenz.

In Hamburg hatte ich im Mittelfeld gespielt. Hier stellte er mich in den Sturm. »Du bist schnell«, hatte er erklärt, »du bist wendig, du erkämpfst dir die Bälle. All das ist gut, aber du hast auch einen guten Schuss aufs Tor. Und wir brauchen einen, der die Bälle vorne totmacht! Rechts außen also!«

Eigentlich spielte Lukas auf dieser Position, aber der war zum Glück nicht böse, dass ich nun dort spielen sollte. Daniel jedoch fing sofort an zu meckern, natürlich nicht laut und offensichtlich, sondern hinter vorgehaltener Hand. Aber Gerd, der erkannt hatte, woher der miefige Wind kam, ließ ihn zwei Strafrunden um den Platz laufen.

Ich hatte mir ein Grinsen nicht verkneifen können. Aber als Gerd das sah, schickte er mich gleich zwei Runden hinterher. So viel also zu Gerd. Bei ihm fühlte ich mich wohl und sicher, er war fair und gerecht.

Doch der Weg zum Platz war schlimm. Ich versuchte immer so zu fahren, dass ich den anderen nicht begegnete. Obwohl ich auch schon ein, zwei Mal mit Markus und Lukas oder auch Johannes gefahren war, wenn sie spät dran waren. Das tat gut, doch es kam leider zu selten vor.

Nach unserem Gespräch am Sonntag hatte ich allerdings das Gefühl, da veränderte sich etwas. Markus stand nicht mehr so oft bei der Clique, nickte auch nicht mehr zu allem, was Daniel sagte. Ich bemerkte das, Daniel bemerkte das.

Jetzt fuhr ich um die Hecke herum und bog in den geschotterten Feldweg ein, der direkt zum Sportplatz führte. Gesäumt war er von Birken auf der rechten Seite und einem kleinen Wassergraben zur Linken.

Ich schoss um die Ecke, weil ich etwas spät dran war und nicht unbedingt eine Strafrunde fürs Zuspätkommen kassieren wollte, als ich sie alle dort stehen sah. Na ja, alle waren es nicht, wenn ich richtig gezählt hatte, standen da sechs

Jungen und ich schätzte, dass Markus, Lukas und auch Johannes nicht dabei waren.

Warum ich schätzte und nicht wusste, fragt ihr? Weil ich zwar die Anzahl der Jungs erkennen konnte, nicht aber ihre Gesichter. Die Jungs hatten sich Sturmmasken über die Köpfe gezogen, ihr wisst schon, solche Masken, die es auf der Kartbahn gibt, wo nur ein Schlitz für die Augen frei ist. Außerdem ging alles viel zu schnell. Ich sah zwar noch das Seil, das die Jungen von rechts nach links über die Straße gespannt hatten, aber ich konnte nicht mehr bremsen. Mit voller Wucht fuhr ich hinein.

Ich sage es euch: Gäbe es eine Disziplin bei Olympia, bei dem der weiteste Flug nach einem Crash mit dem Fahrrad in ein Seil gemessen würde, dann hätte ich Gold gewonnen. Das Fahrrad überschlug sich, während ich meterweit durch die Luft flog, über den Schotter schrammte und halb in den Graben rollte. Zum Glück trug ich einen Helm. Weil ich mit meinem Mountainbike oft richtig schnell unterwegs war, bestand Mama auf den Helm. Und so im Nachhinein denke ich, das Ding hat mich vor viel schlimmeren Verletzungen gerettet.

Ich lag auf dem Rücken im Matsch und hob vorsichtig den Kopf. Gegröle im Hintergrund, Daniels Stimme erhob sich über allen. »Ein schwarzer Arsch, der fliegen kann«, lachte er.

Benommen versuchte ich mich zu orientieren, aufzurichten, auf die Füße zu kommen. Aus den Augenwinkeln hinter mir sah ich drei weitere Jungen mit dem Fahrrad um die Hecke biegen: Markus, Lukas und Johannes. Merkwürdig, wie geschärft die Wahrnehmung ist, wenn man in Gefahr ist.

Ich sah in ihre erschrockenen Gesichter. Auch sie versuchten die Situation zu erfassen, zu verstehen, was hier abging. Ich stützte mich auf die Ellenbogen, drehte mich vorsichtig auf den Bauch und versuchte, aufzustehen. Es stach entsetzlich in der rechten Seite, ansonsten schien aber alles noch einsatzfähig zu sein. Mein Gesicht brannte und meine Hand.

Als ich hinabsah, erkannte ich lange Schrammen. Heißes, dickes Blut tropfte auf den Boden. Mit zitternden Fingern betastete ich meine Wange und zuckte vor Schmerz zusammen. Tränen schossen mir in die Augen und ich ärgerte mich darüber. Ich wollte keine Schwäche zeigen.

Während ich den Riemen meines Helms löste und ihn vorsichtig vom Kopf zog, schoss mir ein Gedanke durch den Kopf: »Irgendein cooler Spruch, mach schon. Lass sie nicht sehen, dass du verletzt bist. Sag irgendwas Cooles!«

Doch mein Gehirn konnte nicht klar denken und mein Körper verriet mich. Ich kam nur schwer auf die Beine, schwankte, meine Arme und Hände zitterten und in meinen Augen schwammen Tränen. Mein nigelnagelneuer Rafael-Nadal-Hoodie war zerrissen und verdreckt. Ich ließ den Helm in den Matsch fallen, sah die weitaufgerissenen Augen von Markus, Entsetzen in seinem Blick, ich sah mein Fahrrad völlig demoliert auf der Straße, sah meine Sporttasche im Schlamm liegen.

»Dreck zu Dreck«, höhnte Daniel, der meinem Blick gefolgt war und drehte sich dann um. »Kommt, Jungs! Wir sind hier fertig!«

Ich glaube, das war der Moment, in dem ich meinen Kampf verlor. Ich schwankte auf Daniel zu und bevor die anderen etwas unternehmen konnten, packte ihn bei der Schulter, zog ihn vom Rad und riss ihm seine blöde und absolut lächerliche Sturmhaube vom Kopf. Was wollte er damit darstellen? Den Ku-Klux-Klan?

Woher die Kraft plötzlich kam, konnte ich nicht sagen. Aber es war ein Leichtes, ihn einfach festzuhalten, ihn in den Schwitzkasten zu nehmen. Ich war fit und durchtrainiert. Ich hätte ihn locker fertigmachen können, ihn verprügeln, niederhauen ... Doch ich hielt ihn einfach fest, zeigte ihm, dass man auch ohne zuzuschlagen stärker sein konnte. Dann ließ ich ihn los, ich dachte, ich hätte gewonnen.

Aber Daniel war kein fairer Spieler. Völlig entkräftet stand ich mit hängenden Armen da, dann wandte ich mich meiner Tasche zu, um sie aus dem Schlamm zu ziehen. Ich sah ihn nicht kommen. Blut, Dreck und Tränen verschleierten meinen Blick und auch der Warnruf von Markus kam zu spät.

Daniel war von schräg hinten auf mich zugesprungen, schubste mich beiseite, sodass ich meine Tasche loslassen musste. Ich taumelte rückwärts. Dann stand Daniel vor mir, aufrecht, wütend und ich hatte ihm nichts mehr entgegenzusetzen.

Mit voller Wucht trafen mich seine Hände vor der Brust. Er schubste mich so stark, dass ich nach hinten umkippte, wie ein gefällter Baum, in den Graben hinunterrutschte und mit dem Kopf, der jetzt nicht mehr durch meinen Helm geschützt war, auf etwas Hartes schlug. War es ein Stein? Ein Baumstumpf? Ein Stück Abflussrohr, das aus dem Graben ragte? Keine Ahnung. Ich sah Daniel und die Jungs davonfahren, Markus, der sein Handy zog und hektisch darauf herumwischte. Dann hörte ich ihn etwas sagen, erklären, rufen, Lukas beugte sich über mich und dann? Nichts mehr. Dunkelheit, Stille, Vergessen.

***

KAPITEL 6

BEI POPCORN UND COLA

Stille umgab mich noch immer, als ich erwachte. Wärme. Ein wohliges Gefühl in meinem Bauch. Ich spürte, dass ich lächelte. Es tat nicht weh. Ich ertastete die Wange, die vorher so gebrannt hatte; da war kein Schmerz mehr. Auch mein Bauch tat nicht mehr weh. Vorsichtig schlug ich die Augen auf und sah nichts. Da war nichts.

Dunkelheit lag über mir, umgab mich. Doch es war keine Schwärze, keine fiese Finsternis, sondern es war eher wie eine samtene Decke, ein Schutz, ein Versteck. Ich fühlte mich gut, wohlig, sicher. Niemand konnte zu mir in diesen Raum kommen. Ich war hier allein, für mich, in völliger Stille und Abgeschiedenheit.

Von irgendwoher allerdings vernahm ich Stimmen. Doch das machte mir nichts aus, ich wusste, dass sie nicht zu mir vordringen konnten. Hier war ich für mich, absolut sicher. Ich schloss meine Augen wieder und blendete auch die Stimmen aus. Jetzt war da vollkommene Ruhe.

Ich glaube, ich habe geschlafen. Oder hatte ich dösend dagelegen? Raum und Zeit verschwammen. Erneut öffnete ich die Augen, fast ängstlich, weil ich fürchtete, dass mein

Schutzraum weg war. Aber er war noch da. Wie eine warme Decke hüllte er mich ein. Wieder drangen gedämpfte Stimmen an mein Ohr. Ich konnte sie lauter oder leiser stellen, ganz so, wie ich es wollte. Jetzt schob ich den Lautstärkeregler etwas höher und lauschte ihnen.

»… völlig unerklärlich, warum er nicht aufwacht!«, hörte ich eine mir fremde Männerstimme sagen.

Ein leises Aufschluchzen. War das Mama?

»… keine schwerwiegenden Verletzungen«, fuhr die Männerstimme fort, »nur eine leichte Prellung über dem rechten Rippenbogen, einige Schrammen an Wange und Hand und auch die Verletzung des Kopfes ist nicht weiter schlimm. Eine leichte Gehirnerschütterung und nur oberflächliche Blessuren … hätte schon längst wieder bei Bewusstsein sein müssen … Sie als Ärztin können das sicher nachvollziehen … Trauma …«

Ich stellte den Ton wieder auf stumm. Ich wollte nichts hören, wollte wieder für mich sein. Wollte auch nichts sehen, auch nichts denken.

Nach einiger Zeit jedoch wurde ich neugierig. Ob ich auch meine Sehkraft an- und ausstellen konnte, so wie vorher den Ton? Ich öffnete die Augen und blickte mich um. Erst sah ich nichts, doch als der Gedanke und der Wunsch stärker wurden, etwas zu sehen, nahm ich einen kleinen hellen Fleck an der Decke wahr. Wie ein Spotlight oder Minischweinwerfer. Ich lächelte und schloss dann wieder meine Augen. Ich schlief, glaub ich, für einen Moment ein.

Als ich das nächste Mal erwachte, spürte ich etwas. Ich nahm eine Berührung an meiner Hand wahr. Das war neu.

Ich erkundete das Gefühl, das es mir bereitete, und befand es als gut. War das Mama, die meine Hand hielt und streichelte und leise zu mir sprach?

Ich schaltete den Ton ein.

»Sonny«, sagte ihre leise, zärtliche Stimme, »komm zurück zu uns!«

»Zurück?«, schoss es mir durch den Kopf. »Aber ich bin doch gar nicht weg! Ich bin hier in meinem Raum. Ich möchte nur nicht rauskommen. Trotzdem bin ich ja da und nicht weg!«

Ich schlug die Augen auf und sah wieder das kleine Licht über mir. Alles war wie vorher und ich war ganz zufrieden. Ich schaltete Ton und Tastsinn wieder aus und konzentrierte mich auf das Sehen. Der Schein wurde jetzt etwas größer und erleuchtete den Raum, der mich umgab.

Erstaunlicherweise lag ich nicht, sondern ich saß. Ich blickte mich um. Der Spot schwebte über mir, wanderte vorwärts und fixierte sich dann unter der Decke. Er begann, heller zu leuchten und gab den Blick auf eine Bühne frei. Schwere Vorhänge aus dunkelrotem Samt hingen von der Decke herab und verbargen – was? Die Bühne, die Leinwand? Ich selbst saß in der hintersten Reihe eines kleinen gemütlichen Saals. Ein Theater? Ein Kino? Vielleicht irgendwie beides?

Die Sitze waren bequem. Ich lehnte mich entspannt zurück. Im Getränkehalter neben mir stand ein Glas mit einer dunklen Flüssigkeit. Ein gelber Strohhalm ragte daraus empor und Eiswürfel glitzerten an der Oberfläche. Ich griff nach dem Glas und saugte vorsichtig etwas von der Flüssigkeit durch den Strohhalm. Eiskalte, herrlich prickelnde und erfrischende Cola. Jetzt fehlte nur noch eine Tüte mit Popcorn. Instinktiv blickte ich nach rechts und da stand ein großer, rotweiß gestreifter Pappeimer voller Popcorn.

Mein Raum gefiel mir immer besser. Ich zog den Eimer zu mir heran und probierte das Popcorn. Es war frisch und knackig, nicht so pappig wie bei uns im Kino, und es roch köstlich nach Zucker und Honig. Ich hatte in Hamburg einmal salziges Popcorn probiert und fand das absolut eklig. Jetzt war ich froh, dass es hier in meinem Raum das beste süße Popcorn auf der ganzen großen weiten Welt gab. Immer wieder griff ich hinein, streckte meine Beine aus und rutschte wohlig ein wenig tiefer in meinem Sitz.

Der ganze Raum war behängt mit rotem Samt. Kleine Lichter an den Wänden warfen ein gemütliches Licht an die hohe Decke. Selbst der Fußboden sah weich und flauschig aus. Auch dort waren winzige Lämpchen installiert, um den Laufweg zu erhellen. Der Raum, mein Raum, war nicht groß. Er umfasste vier Reihen mit je acht Sitzen, durchteilt von einem schmalen Gang. Gleichmäßig waren die Reihen aufgebaut, Armlehne an Armlehne, geschwungenes Holz im Rücken. Es erinnerte mich an das kleine, urige Kino in Lüneburg, wo ich mit Papa vor vielen Jahren in der Weihnachtszeit meinen allerersten Kinofilm gesehen hatte.

Mama steckte damals mitten in ihren Forschungen und hatte wenig Zeit für uns, weshalb Papa mich eingepackt hatte und zu Oma nach Lüneburg gefahren war. Wir besuchten den Weihnachtsmarkt in der Altstadt, lauschten dem Stadtführer, der uns so allerlei von der Salzsole und dem Wildschwein erzählte, das der Legende nach das Salz entdeckt hatte, und bestiegen den Wasserturm.

Es roch herrlich nach gebrannten Mandeln, Lebkuchen und Glühwein. Es war ein Winter, in dem es schneite, und als wir so richtig durchgefroren waren, gingen wir ins Kino. Es lag in einer kleinen Seitenstraße, ganz unscheinbar, mitten zwischen Geschäften. Nur die beleuchteten Plakate hinter Glasscheiben an der Wand verrieten, dass hier ein Kino war. Man ging durch eine Tür und dann eine steile lange Treppe hinauf. Erst dann hatte man die Räumlichkeiten des Kinos erreicht.

Wir kauften uns Popcorn und guckten dann Ice Age 3. Ich weiß noch, dass ich das ganz schön heftig fand mit den Dinosauriern, schließlich war ich erst vier Jahre alt und ich glaube, Papa hatte das auch ein wenig unterschätzt. Aber Buck, den fand ich cool, der war abgefahren und crazy.

Doch, ja, wenn ich mich in meinem Raum so umschaute, dann hatte er definitiv Ähnlichkeit mit dem Kino in Lüneburg. Ich zog an meinem Strohhalm.

Meine Cola schmeckte, das Popcorn schmeckte, der Sitz war mehr als bequem, fast wie mein Sessel zu Hause, fehlte nur noch ein cooler Film. Ich hatte den Gedanken noch nicht ganz zu Ende gedacht, als sich das Spotlight dimmte, den ganzen Saal in weiches, schummriges Licht hüllte und die Vorhänge lautlos zur Seite glitten. Eine weiße Leinwand kam zum Vorschein. Doch kein Film lief an.

Ich sah mich nach hinten um. Oben in der Wand über mir sah ich die kleine Fensterscheibe, durch die hindurch der Film auf die Leinwand geworfen wurde. Ich erahnte auch den Schatten des Projektors und ein kleines, rotblinkendes Licht verriet mir seinen Standby-Modus. Alles soweit in Ordnung, warum aber startete der Film nicht? Ich blickte wieder zur Leinwand. Das gedämmte Licht umfloss Vorhänge, Gestühl und Wände. Da glomm das kleine Spotlight erneut auf, nahm an Intensität zu und erhellte einen kreisförmigen Punkt auf der Bühne.

Mitten in der Leinwand öffnete sich eine Tür und der Lichtkegel fiel auf einen Mann, der nun heraustrat. Er lächelte. »Ich glaube, du brauchst das hier!«, sagte er und hielt mir etwas entgegen.

Ich lächelte zurück und nickte, denn ich erkannte, was es war: eine Fernbedienung.

»Darf ich mich zu dir setzen?«, fragte der Mann.

Erneut nickte ich. Das war zwar mein Raum, aber ich fühlte mich durch ihn nicht gestört. Im Gegenteil, es war fast so, als habe nur alles auf diesen Moment gewartet, bis es endlich losgehen konnte. Was genau, wusste ich nicht. Aber die Fernbedienung war ein guter Anfang.

Der Mann stieg die Stufen der Bühnentreppe hinunter und kam auf mich zu. Hinter ihm schlossen sich die schweren Vorhänge und verbargen erneut die Leinwand. Im Näherkommen erkannte ich, dass er genauso schwarz war wie ich. Er hatte kurzes, krauses, pechschwarzes Haar, ein rundes, freundliches Gesicht und er trug einen Oberlippenbart. Ich schätzte ihn auf Ende dreißig, so wie Papa.

Er kam in meine Reihe, klappte den Sitz neben mir herunter und ließ sich darauf nieder. »Mein Name ist Martin«, sagte er und streckte mir seine Hand entgegen. »Und wie heißt du?«

***

KAPITEL 7

DIE VORSTELLUNG BEGINNT

Martin? Ich sah den Mann neben mir völlig perplex an und verschluckte mich an meiner Cola. Während ich um Fassung rang und nach unten gebeugt hustete, was das Zeug hielt, wartete der Mann geduldig und lächelte mich die ganze Zeit an.

Schließlich richtete ich mich in meinem Sitz wieder auf und stammelte: »Martin? Wie Martin Luther King? Wie kann das denn sein …?«

»Es ist dein Raum«, sagte er schlicht. »In deinem Raum kann alles möglich sein!« Dabei deutete er mit einem ausgestreckten Arm in die Runde. »Du hast dir einen Raum gewünscht, in dem du dich wohlfühlst«, fuhr Martin fort, »wenn ich raten dürfte, dann gehst du gern ins Kino. Aber du hast dir auch einen Raum geschaffen, in den keiner sonst eindringen und dich stören kann. Oder siehst du eine Zugangstür? Du hast dir einen Raum geschaffen, in dem du dich ausruhen und nachdenken kannst, von dem du dir aber auch Antworten versprichst.«

»Antworten?«

»Warum sonst hast du *mich* in deinen Raum eingeladen?«

Ich schwieg, kaute auf meinem Popcorn. Martin hatte recht. Es war alles so, wie ich es mir wünschte und alles in meinem Raum hatte nur auf seine Ankunft gewartet. »Ich bin Sonny«, stellte ich mich vor.

»Nun denn, Sonny, lass uns einfach herausfinden, was für ein Programm du dir zusammengestellt hast«, sagte er schlicht. Er hielt mir die Fernbedienung entgegen. Zögernd griff ich danach.

Sobald ich die Fernbedienung berührte, dämmte sich das Licht, lautlos fuhren die Vorhänge auseinander und der Projektor hinter der Scheibe sprang an. Gebannt sah ich nach vorne, sah auf die Leinwand ... und dann glühten die ersten bunten Bilder auf.

Eine gepflegte Straße war zu sehen. Die Kamera folgte der Straße entlang an einzelnen Familienhäusern links und rechts vorbei und schwenkte dann nach rechts, fast wie bei Google Street View.

»Na, aber das ist interessant«, sagte Martin, »das ist die Auburn Avenue 501 in Atlanta im Bundesstaat Georgia. Dort haben meine Eltern gewohnt, dort bin ich aufgewachsen. Eine Straße und eine Wohngegend, in der fast ausschließlich wohlhabende farbige Familien wohnten.«

Bei seinen Worten zoomte die Kamera auf ein Haus, das sich zweistöckig zwischen anderen Häusern erhob. Eine von gestutzten Hecken gesäumte Treppe mit wenigen Stufen verband die Straße mit einem gepflasterten Weg. Dieser führte hoch zu einer weiteren kleinen Treppe und direkt auf eine überdachte Veranda. Das Haus war gelb, hatte schwarze Fensterrahmen, schwarze Fensterläden zu bodenhohen Fenstern rechts und eine schwarzgerahmte Tür. Rechts auf der Veranda stand eine Bank, darüber in der Wand war so etwas wie ein Bullauge zu sehen.

»Wirkt renoviert«, meinte Martin und griff in meinen Popcorneimer. »Damals sah das Haus nicht so schick aus, hatte weiße Stützpfeiler und weiße Fensterrahmen. Der Weg war nicht ganz so sauber und gepflegt, doch im Großen und Ganzen ist es mein Elternhaus.«

Ich erinnerte mich an die vielen Recherchesitzungen, die ich mit Maurice zusammen im Internet verbracht habe, um das Referat über Martin Luther King vorzubereiten. Wir hatten natürlich auch nach seinem Geburtsort gesucht und waren dabei auf dieses Haus gestoßen. Da hatte auch gestanden, dass das Haus renoviert worden sei, um Besuchern einen schöneren Anblick zu bieten und an Martin Luther Kings Kindheit zu erinnern. Als ich mich dafür bei Martin entschuldigte, dass die Dinge, die wir sahen, wohl durch meinen subjektiven Blick und meine Recherchen im Internet verschleiert worden seien, lachte er nur und sagte: »Dein Raum, Sonny, dein Raum! Doch bitte, was ist das Internet?«

Ich sah ihn mit großen Augen an, dann fiel mir ein, dass er ja lange vor der Zeit der großen digitalen Revolution des World Wide Webs gestorben war.

Ich erklärte es ihm kurz und merkte, dass er nachdenklich wurde.

»Hätte es das früher schon gegeben«, sagte er schließlich, »dann hätte sich die Idee des gewaltfreien Widerstandes viel schneller auf der ganzen Welt verbreiten lassen …«

»Ja«, meinte ich, »doch leider auch die Ideen der Widersacher! Das gleiche Werkzeug hätte ja auch ihnen zur Verfügung gestanden!«

Während unseres kurzen Gesprächs hatte die Kamera angehalten und das Bild in den Pausenmodus versetzt. Nachdenklich betrachtete Martin das Haus. »Es ist gut, dass sich die Menschen an mich erinnern, dann bleibt wenigstens meine Idee am Leben.«

»Das hat mein Freund Maurice auch gesagt«, lachte ich. Ich drückte auf »Play« und das Bild bewegte sich wieder.

Die Kamera schwebte einmal ganz herum um das Haus, zeigte es von allen Seiten, fing die Auburn Avenue ein und auch die umliegenden Häuser.

»Weißt du«, erklärte Martin, »mein Vater war Prediger der baptistischen Ebenezer-Gemeinde. Er taufte mich auf seinen eigenen Namen: Michael King Junior. Als er jedoch 1934 von einer Europareise, auf der er auch Deutschland besuchte, nach Hause zurückgekehrt war, nannte er sich selbst Martin Luther, nach eurem großen Reformator Martin Luther, und entschied, dass auch ich so heißen solle. Er verehrte die Ansichten und das Schaffen von Martin Luther und wollte dadurch seinen Respekt ausdrücken. Oh, sieh nur!«

Die Kamera hatte bei diesen Worten das Foto eines Säuglings erfasst, das eingerahmt auf einem Tisch stand. Darunter eingeblendet erschien das Datum 15. Januar 1929.

»Mein Geburtstag«, sagte Martin, »danach kamen noch meine Geschwister Christine und Alfred Daniel. Wir alle sind auf eine Schule für farbige Schüler gegangen, obwohl mein bester Freund ein Weißer war! Aber genau so war das eben zu jener Zeit. Warst du ein Farbiger, durftest du nicht in den Bussen der Weißen fahren, durftest du nicht in die Schulen der Weißen gehen, durftest du nicht einmal im gleichen Restaurant essen, oder auch nur das Waschbecken der Weißen benutzen.«

»Krass«, entfuhr es mir.

»Ja, wirklich«, lachte Martin bitter auf, »krass ist das richtige Wort.«

Ein Lachen, das von der Leinwand zu uns herüberwehte, unterbrach unser Gespräch. Es waren zwei Kinder zu sehen, die gemeinsam die Straße Ball spielend hinunterliefen. Eines war weiß, das andere schwarz. Martin wurde einen Augenblick lang ganz still neben mir und ich spürte eine leichte Traurigkeit. »Das war mein allerbester Freund«, erklärte er schließlich. »Wir haben jeden Tag miteinander gespielt, einander besucht, gelacht, geweint, eben alles geteilt. Und dann kam der Tag der Einschulung. Ich musste auf die Schule für Farbige gehen, mein Freund auf die Grundschule für Weiße. Und hatte ich bis dahin noch geglaubt, dass sich ja in meiner Freizeit nichts ändern würde, dann wurde ich jetzt eines Besseren belehrt. Ich durfte meinen Freund von da an nicht mehr besuchen, geschweige denn mit ihm spielen. Seine Mutter verbot es.«

»Hast du sie nicht dafür gehasst?«, fragte ich.

»Am Anfang vielleicht schon«, gab Martin zu, »aber ich habe im Lauf meines Lebens so viel Hass gesehen, dass ich selbst nicht hassen wollte! Ich bin weiterhin fest davon überzeugt, dass nur die Liebe zueinander und zu Gott die einzige Macht ist, die einen Feind in einen Freund verwandeln kann. Entweder wir lernen alle, als Brüder miteinander zu leben oder wir werden alle als Narren untergehen.« Er griff nach seinem eigenen Glas mit eiskalter Cola, das neben ihm im Halter aufgetaucht war, und trank einen Schluck. »Das ist wie die Cola und das Popcorn hier«, sagte er schließlich lächelnd, »das Popcorn ist weiß, die Cola ist schwarz, das eine ist fest, das andere flüssig und doch schmeckt beides hervorragend zusammen.«

Auch ich lächelte: »Oder wie der Kinderschokoriegel in der Werbung. Der Schokoriegel ist in ein Glas Milch verliebt und nur zusammen sind sie vollständig. Manche essen sogar Schokolade mit Chili oder Leberwurst, da hätte auch nie jemand gedacht, dass das zusammen schmeckt.«

Martin sah mich ungläubig an, dann lachten wir beide.

Nach einer kurzen nachdenklichen Pause fuhr er in seiner Erzählung fort: »Mit meiner Schwester bin ich bis zur sechsten Klasse auf verschiedene Schulen nur für Farbige gegangen. Weißt du, Sonny, ich war zwar schwarz und sicherlich konnte man zu Recht darauf hinweisen, dass meine Vorfahren tatsächlich noch Sklaven gewesen waren, aber ich war nicht blöd. Im Gegenteil, ich habe die neunte und die zwölfte Klasse einfach übersprungen ...«

Die Kamera zeigte nun ein langes, rotgeklinkertes Gebäude, das sich bis in den dritten Stock erhob. Eine breite Treppe führte hinauf zu den Eingängen. Rechts und links des Eingangs erstreckte sich das Gebäude viele Meter weit mit spiegelnden Fensterreihen, hinter denen Schüler lernten.

»Das ist die Booker T. Washington Highschool«, erklärte Martin, »hier habe ich viel Zeit meines Lebens verbracht. Und in dieser Zeit habe ich auch meinen ersten Wettbewerb im rhetorischen Reden gewonnen. Ich weiß es noch, als wäre es gestern gewesen. Ich liebte das Sprechen vor anderen und erkannte schnell, dass ich dafür auch eine gewisse Begabung mit auf meinen Weg bekommen hatte. Als ich 14 Jahre alt war, fuhr ich nach Dublin im Bundesstaat Georgia und gewann dort den Rednerwettbewerb. Schnell erkannte ich, dass Worte mein Werkzeug, meine Waffe waren. Mehr brauchte es nicht, um Menschen aufzurütteln.

Während draußen in der Welt der Zweite Weltkrieg tobte, tobte bei uns im Land der Rassenhass. Und war nicht auch der Zweite Weltkrieg hier bei euch in Deutschland geprägt durch Rassenhass? Durch Hass auf die Juden, auf Ausländer, auf politisch Andersdenkende?«

Ich nickte und zog nun meinerseits an meinem Strohhalm. »Einige der dunkelsten Jahre in Deutschlands Geschichte, wenn man unserem Geschi-Lehrer glaubt.«

»Jedes Volk, jeder Staat hat seine dunkelsten Momente«, erwiderte Martin, »wichtig ist nur, nicht in der Dunkelheit zu verweilen, sondern immer den Weg ans Licht zurück zu suchen.« Bei diesen Worten ging das Licht im Raum an und die Bilder auf der Leinwand waren verschwunden. »Ich glaube, das heißt wohl Pause«, sagte Martin und erhob sich, um sich die Beine zu vertreten.

Während Martin durch meinen Raum schritt, merkte ich, wie mich eine bleierne Müdigkeit überfiel. Ich rutschte in meinem Sitz weiter runter und schloss die Augen. *Pause* von allem. Mit diesen Gedanken schlief ich ein: Pause, Auszeit, Ruhe im Vordergrund meines Denkens, doch ein Lichtweg, ein Weg zurück, eine kleine Tür waren bereits im Hintergrund erschienen und machten mich zufrieden.

***

KAPITEL 8

GEWALTFREIER KAMPF

Als ich erneut erwachte, drangen Stimmen an mein Ohr. Ich blinzelte und sah mich um. Martin saß bereits wieder neben mir, doch der Raum hatte sich ganz leicht verändert. Rechts von mir, wo meine Sitzreihe endete, gab es nun eine Tür in der Wand. Sie war solide, fest und zu. Aber durch sie hindurch drangen gedämpfte Stimmen.

Auch Martin lauschte dem Wortwechsel. »Deine Mutter?«, fragte er.

Ich nickte. »Und wahrscheinlich der Arzt, der mich behandelt«, fügte ich hinzu.

»Arzt?« Ich sah das Fragezeichen über Martins Gesicht. »Möchtest du es mir erzählen? Schließlich muss es ja einen Grund für diesen Raum geben.«

Wieder nickte ich. Irgendwie war es nun genau die richtige Zeit dafür, der richtige Raum. Also ich erzählte Martin von der Geburt meiner kleinen Schwester, vom Umzug, von unserem neuen Haus, dem Dorf, den Jungs und der Hänselei, der ich seitdem jeden Tag ausgesetzt war. Die Worte flossen nur so aus mir heraus. Als ich an die Stelle mit dem Fahrradunfall kam, gab mir Martin die Fernbedienung in die Hand. Die schweren Vorhänge schwangen zur Seite, während ich auf »Play« drückte. Augenblicklich flammte die Leinwand auf und wir sahen uns den kleinen Film zusammen an.

Ich sah mich selbst in meinem Nadal-Hoodie und mit meiner Sporttasche auf dem Rücken um die Ecke biegen, sah, wie ich mit voller Wucht in das Seil fuhr. Sah die Masken der Jungen, sah, wie ich durch die Luft flog und über den Boden schrammte. Ich sah mich auf dem Rücken liegen, mit blutender Wange, voller Dreck. Hörte das höhnische Lachen Daniels. Ich beobachtete, wie ich aufstand, Daniel die Maske vom Kopf riss und ihn in den Schwitzkasten nahm, wie ich zitternd und völlig entkräftet zurücktaumelte und schließlich, wie Daniel mich schubste und ich erneut hinfiel. Ich sah Markus, der nach seinem Handy griff, Lukas, der sich über mich beugte und Johannes, der mein Fahrrad von der Straße zog.

Martin hatte in all der Zeit ganz stumm neben mir gesessen. Ich jedoch hatte meine Hände in die Armlehnen verkrallt, die Fernbedienung war auf den Boden gerutscht und als ich nach rechts schaute, war die Tür in der Wand wieder verschwunden. Auch Martin hatte das bemerkt.

»Du stehst dem gleichen Übel gegenüber wie einst ich«, sagte er, »doch es ist nicht ausweglos, sich ihm zu stellen, es gibt immer eine Lösung!« Bei diesen Worten bückte er sich und hob die Fernbedienung auf, dann ließ er den kleinen Sonny-Film erneut ablaufen. Wieder sah ich all das und mein Herz tat dabei unsagbar weh. Es fuhr mir durch den ganzen Körper.

Irgendwo draußen, hinter meinen dicken Schutzwänden

hörte ich den Arzt sagen: »Da tut sich etwas, Frau Siegmann, sehen Sie doch. Es wird nicht mehr lange dauern, dann wird Ihr Sohn aufwachen!«

Ich spürte eine sachte Berührung an meiner Hand und einem ersten Impuls heraus folgend wollte ich meine Hand zurückziehen. Doch Martin ergriff meine andere Hand und drückte sie fest.

»Lass es zu«, flüsterte er leise, »wir sind nicht allein in unserem Kampf, wir brauchen Freunde und Verbündete, so war es schon immer. Zu deinem Leben gehören auch die Siege über die eigene Seele und die eigene Lage. Du musst Enttäuschungen hinnehmen, aber du darfst dabei niemals die Hoffnung aufgeben. Ich werde dir zeigen, wie das geht, wenn du bereit bist. Man muss den Kampf nicht allein führen. An meiner Seite standen viele Verbündete und ganz besonders mein guter Freund Ralph Abernathy.«

Da ließ ich es zu und darüber hinaus erlaubte ich mir auch einen Blick in den Raum hinter meinem Raum. Es war ein helles, freundliches Zimmer, weiße Wände, weiße Vorhänge, gelbe Blumen auf dem Tisch. Gelb war meine Lieblingsfarbe.

Irgendwie sah ich alles von oben. Ich sah, dass mein Körper in einem Bett lag, an eine Infusion angeschlossen, piepende Geräte daneben. Meine Schrammen waren gesäubert und verbunden und es schien so, als schliefe ich. Meine Mutter saß auf einem Stuhl neben meinem Bett. Sie hatte meine Hand ergriffen und sprach leise mit mir. Es tat unsagbar gut, getröstet zu werden. Aber noch war es nicht an der Zeit aufzuwachen, ich wollte mehr von Martin lernen und vielleicht dadurch auch über mich selbst.

»Wenn du bereit bist«, sagte Martin erneut, »dann arbeiten wir nun an einer Lösung.«

Ich kam vollends zurück in meinen Raum.

»Bist du denn bereit?«, fragte er.

»Da kannst du drauf wetten!«

Wieder sahen wir uns den Film an, doch diesmal unterbrach Martin ihn öfter. Er wies mich auf Kleinigkeiten hin, die ich so gar nicht wahrgenommen hatte. »Der, der dich bekämpft, ist …?«

»Daniel«, antwortete ich.

»Daniel«, erklärte Martin, »das ist offensichtlich. Vielleicht auch noch der Junge direkt neben ihm. Doch sieh dir die anderen Jungen an: Als du auf den Boden aufschlägst, erschrecken sie. Sie weichen instinktiv zurück, distanzieren sich von Daniel. Achte auf ihre Körperhaltung. Sie zucken zusammen, versteifen sich, machen sich klein. Sieh nur, als du versuchst, dich aufzurichten, ist einer bereit, dir zu helfen, er ist auf dem Vormarsch, beugt sich bereits vor, doch dann kommen diese drei um die Ecke und er zieht sich zurück.«

Martin hatte recht. Jetzt sah ich es ganz deutlich. Das war Dennis, da war ich mir sicher. Hatte nicht auch Dennis in letzter Zeit angefangen, mich zumindest während des Fußballspielens freundlicher zu behandeln, mich anzuspielen, mir zuzupassen, sich mit mir zu freuen, wenn ich seine Pässe in Tore verwandelte?

Dann kamen wir zu der Stelle, an der ich Daniel in den Schwitzkasten genommen hatte. Martin hielt das Bild an. Daniels wütendes Gesicht in Großaufnahme. Meins darüber, ebenso wütend. Eigentlich hatte ich bis gerade geglaubt, es sei eine gute Idee gewesen, ihm meine Stärke zu zeigen, ohne ihm weh zu tun, ohne ihn zu schlagen, doch Martin wies mich auf etwas hin, das mir allein nicht aufgefallen wäre.

»Du hast die richtige Absicht gehabt«, sagte Martin, »du wolltest keine Gewalt anwenden. Du wolltest, dass die anderen deine Stärke sehen, ohne dass du zu schlimmeren Mitteln greifen musstest. Aber siehst du, was es mit dir macht? Was es mit deinem Gegner macht?«

Erneut sah ich in die beiden Gesichter, die immer noch reglos auf der Leinwand standen. Ich sah in mein Gesicht, in sein Gesicht und erkannte, dass das alles falsch gewesen war. Daniels Gesicht zeigte Wut, Rachedurst, ja, aber auch Angst. Mein Gesicht zeigte Wut, aber auch Triumph.

»Wenn du wirklich gewaltfrei kämpfen willst«, erklärte Martin, »dann muss dein Gegner nicht deine Stärke erkennen, sondern seine eigene Schwäche!«

»Aber ich hätte ihn plattmachen können, ein für alle Mal!«, sagte ich und erschrak über die Lautstärke meiner Stimme. »Ich *war* in diesem Moment der Stärkere!«

»Du warst in dem Moment der Stärkere, ja«, pflichtete Martin mir bei, »doch nicht in dem Moment, als du Daniel festgehalten hast, sondern in dem Moment, als du losgelassen hast!«

»Das versteh ich nicht …«

»Als ich mit der Highschool fertig war«, erzählte Martin, »wechselte ich erst 16-jährig zum Morehouse College. Es war die einzige Hochschule für Schwarze im Süden der USA. Da hörte ich das erste Mal von Mahatma Gandhi*.«

* Mahatma Gandhi, die große Seele, s. Glossar.

Ich kramte in meinem Gedächtnis. Im Religionsunterricht hatten wir über den Hinduismus in Indien gesprochen. Da war mehr als einmal der Name Gandhi gefallen. Ich wusste, dass er durch gewaltfreien Widerstand und Fastenstreiks ganze Aufstände zum Erliegen gebracht hatte und maßgeblich bei der Unabhängigkeitserklärung Indiens nach dem Zweiten Weltkrieg beteiligt gewesen war. Er hatte zwischen den christlich geprägten Briten, den hinduistischen Indern und den muslimischen Pakistani vermittelt. Aus dem Film, den wir im Unterricht gesehen hatten, wusste ich, dass sein Protest, sein Widerstand soweit gegangen war, dass er mehrmals eingesperrt und geschlagen worden war, ohne sich zur Wehr zu setzen. Er hatte die buchstäblich andere Wange hingehalten.

Martin riss mich aus meinen Gedanken. »Bei allem, was wir tun, um den Platz zu gewinnen, der uns zusteht, dürfen wir uns keiner Handlung des Unrechts schuldig machen«, sagte er leise. »Gandhi war zwar kein Christ, aber er hat christliche Werte gelebt, hat sie in seinem Widerstand gegen das Unrecht umgesetzt bis zur allerletzten Konsequenz.«

Auf der Leinwand erschienen Schwarz-Weiß-Bilder von britischen Soldaten, die mit Schlagstöcken auf Menschen einprügelten, die in Gruppen auf dem Boden saßen. Unter ihnen erkannte ich Gandhi. Sein Aussehen war charakteristisch: Glatze, runde Brille, grauer Oberlippenbart, riesige Ohren, weißes einfaches Gewand. Auch er ließ sich einfach prügeln und dann durch mehrere Soldaten wegschleifen.

»Gandhi war Rechtsanwalt«, erklärte Martin. »Er hat sich in jungen Jahren bereits in Südafrika für die Rechte der farbigen Bevölkerung eingesetzt. Als er dann nach Indien zurückkehrte, baute er seinen gewaltfreien Widerstand aus. Er war Pazifist und Gelehrter und viele folgten ihm in seinem Bestreben, die Welt durch Gewaltfreiheit besser zu machen. Er sagte einmal, dass es keinen Weg zum Frieden gäbe, denn der Friede selbst sei der Weg.«

»Das heißt also, dass ich gar nicht hätte reagieren dürfen?«, fragte ich leise. »Ich hätte einfach liegen bleiben sollen? Ich hätte Daniel gewinnen lassen sollen?«

»Nun, Daniel hat gewonnen«, erwiderte Martin, »zumindest kurzfristig. Aber sieh dir eure Gesichter noch einmal an.«

Wieder erschienen unsere Gesichter in Wut verzerrt auf der Leinwand.

»Gleiches mit Gleichem vergelten? Auge um Auge?«, fragte Martin. »Glaube mir, dann wird die Welt blind. Gandhi hat das erkannt, ich habe das erkannt, du wirst es erkennen!«

»Du meinst also, dass ich den anderen gewinnen lassen muss, auch wenn ich der Stärkere bin?«

»Nicht ganz«, meinte Martin, »deine Stärke wächst nicht aus deiner körperlichen Kraft, sondern aus deinem unbeugsamen Willen. Stell dir vor, was es mit einem Menschen macht, wenn er jemanden schlägt, der sich nicht wehrt, obwohl er es könnte. Er wird keine Freude mehr daran haben, ihn zu schlagen, ihn zu besiegen. Den Triumph über einen Sieg empfindet man doch nur, wenn man einen stärkeren, einen besseren, einen schnelleren Gegner geschlagen hat, wenn der wiederum sein Bestes gegeben hat. Doch wenn er sich nicht zur Wehr setzt, kannst du nicht wirklich über einen Sieg triumphieren. Der Schläger wird somit seine eigene Schwäche erkennen, zumindest glaubte Gandhi das.«

Das war eine ganze Menge, was ich da verdauen musste. »Ich hätte also tatsächlich gar nichts machen sollen?«

Martin nickte. »Gandhi hätte gesagt: Sei die Veränderung, die du in der Welt sehen willst!«

»Ganz schön schwierig«, sagte ich. »Ich weiß nicht, ob ich das könnte. Ich meine das Nicht-Zurückschlagen, wenn mich jemand schlägt!«

»Niemand hat gesagt, dass der Weg des gewaltlosen Widerstands einfach ist, nur weil er richtig ist!«

Das leuchtete mir ein. »Wie hast du das geschafft?«, fragte ich Martin. »Wie hast du gegen all den Hass, gegen all das Böse, das dir entgegenbrandete, Widerstand leisten können?«

»Indem ich dem Hass die Liebe gegenüberstellte.«

***

KAPITEL 9

VERMUMMTE GESTALTEN

Ich hielt Martin den Popcorneimer entgegen, der irgendwie nie leerer wurde. Tja, noch ein Vorteil, wenn man in seinem eigenen Raum war, offenbar füllte sich das Popcorn hier immer wieder von selbst auf.

»Erschreckend ist für mich jedoch, eins zu sehen«, sagte Martin. »Die sechs Jungen haben sich Masken übergezogen. Ich hätte gedacht, dass sich fünfzig Jahre nach meinem Tod doch ein wenig mehr geändert hätte.«

»Du sprichst vom Ku-Klux-Klan, oder?«

Martin nickte. »Glücklicherweise haben die Nordstaaten unter Abraham Lincoln 1865 den Bürgerkrieg gegen die Südstaaten gewonnen und damit offiziell die Sklaverei abgeschafft«, erklärte er. »Aber noch im gleichen Jahr gründeten die weißen Südstaatler den Geheimbund des Ku-Klux-Klans.

Millionen von Weißen gehörten ihm an, auch Frauen. Ihr einziges Ziel war es, die Schwarzen weiter zu unterdrücken, zu terrorisieren. Und in seinem Namen fanden Verurteilungen und Hinrichtungen statt – auch außerhalb des gültigen Gesetzes, dann natürlich im Verborgenen, im

Geheimen. Sie betrieben also Lynchjustiz* und verbreiteten Angst und Schrecken. Selbst vor Mord scheuten sie nicht zurück und viele Schwarze fielen ihnen zum Opfer. Die Gerichte schritten dagegen nicht ein, vielleicht, weil ihre Richter selbst dem Geheimbund angehörten.«

Auf der Leinwand waren nun Menschen zu sehen, die in langen weißen Kutten eine Straße entlangschritten. Sie trugen hohe, spitze weiße Mützen, die das gesamte Gesicht bedeckten und nur zwei Löcher für die Augen freiließen. Vorne auf der Brust befand sich ein Symbol, ein weißes Kreuz auf rotem Grund, darüber eine Flamme.

Vorweg ging ein Anführer, dahinter folgten vier Mitglieder, die ein Holzkreuz trugen, danach kamen Hunderte weitere. Die Menschen sahen aus wie Geister und machten mir Angst. Sie erreichten eine Anhöhe am Ende der Straße, stellten das Kreuz auf und zündeten es an. Ich erschrak zutiefst. Sie alle stellten sich in Kreuzform davor auf, erhoben die Hände zum Kreuz und riefen irgendetwas.

»Was? Das sind Christen?«, fragte ich atemlos.

»Nun ja«, erwiderte Martin, »ja, es sind Christen, ziemlich radikale Christen.«

»Aber das widerspricht doch allen christlichen Grundsätzen! Nicht zu morden, anderen nicht weh zu tun, sich nicht über das Gesetz zu stellen und all dem!«, rief ich zornig. »Haben die denn noch nie etwas von Nächstenliebe gehört?«

»Und wie viel schwerer muss dann die Feindesliebe sein, wenn man nicht einmal den Nächsten lieben kann«, warf Martin ein. »Die weißen Kutten repräsentieren Reinheit,

* Verurteilung und Hinrichtung außerhalb des Gesetzes, s. Glossar.

damit sie sich noch deutlicher von ›unreinen‹ Menschen, nämlich den Schwarzen abgrenzen können. Vielleicht stehen sie aber auch für die Geister der gefallenen Südstaatler im Krieg, die sich rächen wollen und deshalb immer nachts zusammenkommen.«

»Weiße Kutten, also weiße, reine Menschen? Echt jetzt?«, fragte ich. »Wie übel, dass es den Haufen immer noch gibt!«

Auf der Leinwand startete ein neuer Film. Er wirkte moderner, wie frisch aus dem Internet gezogen. Viele Menschen, alle weiß, oder vermummt in weißen Kutten und Kapuzen, trugen Fahnen, marschierten in Reih und Glied, riefen Parolen auf Englisch. Am unteren Bildrand wurde eine Erklärung eingeblendet: »Demonstration in Idaho, USA.« Das klang ja eigentlich harmlos. Doch auch Hakenkreuze flammten zwischendurch in der Menge auf und Fotos von Hitler oder Plakate der Waffen-SS. Soldaten und Polizei versuchten, die Zuschauer am Rand von den Demonstranten auf der Straße zu trennen. Dann erreichte die Prozession einen freien Platz vor einer Kirche. Sie stellten sich alle im Halbkreis auf. Hinter gelbem Sperrband die Zuschauer.

Ein Mann mit einem Mikrofon trat vor und erhob seine Stimme über alle. »Wir sind die Herrenrasse«, begann er, »nur die Weißen sind von göttlicher Reinheit. Alle anderen sind Bastarde. Es ist an der Zeit, dass die Menschen das erkennen und danach handeln.«

Einige Zuschauer applaudierten, andere buhten oder hielten kleine Plakate hoch, die das Gegenteil bekundeten, die Hitler als Mörder oder die Verfolgung der Juden und Farbigen im Land als Verbrechen betitelten. Doch der Redner fuhr unbekümmert fort: »Es gibt Farbige, die hassen *uns*, die hassen *euch* nur wegen eurer Hautfarbe, das sind die wahren Rassisten. Die nachts unsere Kinder erschrecken, unsere Frauen überfallen, die Verbrechen an uns, der reinen Rasse begehen. Unser Klan ist eine Bürgerrechtsorganisation, die dafür sorgt, dass die Farbigen das bekommen, was ihnen zusteht. Brennen sollen die Städte, in denen Vermischung stattfindet, ich bete dafür jeden Tag!«

Tumult im Hintergrund, Menschen, die auseinandersprangen. Eine Gruppe Farbiger kam durch die Zuschauer marschiert und hielt auf den Redner zu. Manche trugen geladene Gewehre vor der Brust.

»Wir haben das gleiche Recht, hier zu sein, wie ihr«, rief ihr Anführer. »Wir haben als Sklaven das Land mit aufgebaut, es ist unsere Heimat, wir sind befreit worden und haben nun die gleichen Rechte!«

Zustimmendes Gemurmel der ihm folgenden Menschen.

Ich atmete erleichtert in meinem Sitz auf, als ich sah, dass es den Soldaten und Polizisten gelang, die Gruppen wieder voneinander zu trennen, ohne dass sie ihre Waffen einsetzten.

»Ziemlich heftiger Film. Hast du den auch mit deinem Freund Maurice in diesem Internet gefunden?«, kommentierte Martin. »Da bist du ja tief eingedrungen in die Gedanken und Überzeugungen einiger Amerikaner, die immer noch glauben, dass sie die einzig wahren und reinen Menschen sind.«

Ich erinnerte mich schwach an einen verregneten Nachmittag in Hamburg, als wir nach Beispielen für die Rassendiskriminierung suchten. Maurice hatte den Film zuerst entdeckt. Es war eine Berichterstattung eines deutschen Fernsehsenders, der genau diese Menschen besuchte, ihnen mit der Kamera folgte und sie über ihre Ziele und Gründe befragte. Ich weiß noch, dass ich das total bescheuert fand. Ich konnte überhaupt nicht glauben, dass Erwachsene so eine verbale Sülze wirklich von sich gaben. Als ich dann den Film aber selbst anschaute, wurde mir ganz übel.

Die Kamera schwenkte nun nach rechts und folgte einem weißen Mann, der in sein Auto stieg und davonfuhr. Er fuhr und sprach dabei in die Kamera: »Seht euch doch die Farbigen genau an, sie gleichen doch eher Tieren, Gorillas, mit ihren platten breiten Nasen und der flachen Stirn. Das ist keine Menschenrasse, genauso wenig wie die Juden, die verunreinigtes Blut haben. Ich zeige euch meine Familie, da findet ihr reine Menschen.«

Er stoppte das Auto und ging auf ein idyllisch gelegenes Haus zu. Links im Garten auf einer grünen Rasenfläche saßen vier Kinder in einer Sandkiste und spielten. Als sie ihren Vater kommen sahen, standen sie sofort auf und reckten jeweils ihren rechten Arm zum Hitlergruß in die Höhe. Sie alle waren blond, hellblond.

»Das ist mein größter Schatz auf der Welt«, sagte der Vater, »schöne, weiße, arische Kinder! Sollen die Städte brennen, in denen Vermischung stattfindet, auch ich bete jeden Tag dafür!«

Ich verschluckte mich an meinem Popcorn. Ich traute mich nicht, Martin anzusehen. Er war sehr still geworden.

»Sie beten zu Gott«, sagte ich, »und gleichzeitig erzählen sie so einen Müll! Gott macht doch keine Unterschiede! Er liebt alle Menschen gleich!«

»Du sagst und glaubst das, ich sage und glaube das«, erwiderte Martin traurig, »aber viele Menschen sehen das leider eben ganz anders!«

»Aber wie kann das sein?«, fragte ich nun wütend. »Wie blöd kann man sein zu behaupten, dass man weiß, was Gott will, wie Gott ist, geschweige denn, wen er liebt und wen nicht? Jesus ist doch für uns alle gestorben!«

Martin lachte kurz auf und sagte: »Auch du solltest Redner werden, Sonny. Du hast ein Talent für Rhetorik!«

Bevor ich etwas erwidern konnte, zeigte die Kamera ein weißes Ehepaar auf einer Veranda. Es saß über eine Zeitung gebeugt und sprach über den Titel. Die Zeitung hieß *WAR*, also wie das englische Wort für Krieg. Weiße Buchstaben auf rotem Grund. Darunter stand der Schriftzug *White Aryan Resistance*. Wenn ich das richtig übersetzte, lautete das »Weißer arischer Widerstand«.

Der Mann hielt gerade eine Ausgabe hoch, in der es um James Earl Ray ging. Ein großes Foto von ihm prangte auf der Titelseite.

Ich hielt den Atem an. Das war der Attentäter, der Martin Luther King erschossen hatte. Ob Martin das selbst wusste? Ich versuchte, das Bild anzuhalten, auf Stopp zu drücken, doch der Film lief weiter. Wie ätzend war das denn! Der Mann wandte sich nun an die Kamera und sagte: »James Earl Ray, der Mann, der Martin Luther King erschoss. Ein Held! Solche Leute müssen wir ehren!«

Martin neben mir zuckte mit den Schultern und sagte: »Irgendwer muss es ja gewesen sein … Du siehst, nicht nur die guten Ideen überleben, sondern auch die schlechten. Die Jungen, die dich überfallen haben, eifern dem nach.«

»Vielleicht sollte ich Daniel den Tipp mit der Farbe und der Reinheit geben, sodass sie das nächste Mal weiße Sturmmasken benutzen können.« Ich lachte bitter auf.

»Du wirst irgendwann lernen zu verzeihen, Sonny«, erwiderte Martin schlicht, »denn das Verzeihen ist die Eigenschaft des wirklich Starken.«

»Lass mich raten«, fragte ich mit einem Grinsen im Gesicht, »auch so ein schlaues Zitat von Gandhi, oder?«

Martin lachte schallend auf. »Ich sehe, wir verstehen uns.«

Wir kauten einige Zeit schweigend auf unserem Popcorn herum.

»Das Offenlegen von geheimen Absichten, das Aufdecken von Hass und bösen Plänen, das gehörte schon immer zu meinen Aufgaben dazu«, sagte Martin schließlich.

»Aber hast du keine Angst gehabt, dass sie dir etwas antun?«, fragte ich.

»Ich würde lügen, wenn ich das verneinen würde«, meinte Martin, »aber für mich war immer schon entscheidend, wohin sich ein Mensch in Zeiten der Herausforderung und Kämpfe stellt und nicht, wo er in Zeiten der Ruhe und Sicherheit steht. Und ich wollte nie nur ein Zuschauer sein, ich wollte dort stehen, dort mittun, wo die Dinge sich entscheiden.«

Ich verstand ihn. Ich fand das ziemlich mutig. Irgendwie fand ich diesen ganzen Gedanken des gewaltlosen Widerstands, immer besser. Indem ich mich nicht wehrte, deckte ich auf, wo mein Gegner Böses tat. Indem ich liebte, wo andere hassten, wurde ihr mieser Charakter sichtbar. Und passiver Widerstand hieß ja nicht, nichts zu tun, sondern einfach das, was ich tat, gewaltfrei zu tun, mit Liebe im Herzen für meine Nächsten, mit Liebe im Herzen für meine Feinde.

»Es war immer mein Glaube«, fuhr Martin fort. »Der Glaube an die Kraft und die Macht des lebendigen Gottes, der mich immer weitergehen ließ. Weißt du, Sonny, wenn du einmal in diesem Glauben unterwegs bist, dann findest du auch immer einen Weg, wo vorher keiner zu sein schien.«

***

KAPITEL 10

MÜDE FÜSSE

Das nächste Bild, das auf der Leinwand aufleuchtete, war ein Bus. Er sah irgendwie alt aus, obwohl er blitzsauber war und restauriert zu sein schien. Ein altes Modell eines amerikanischen Busses, es stand in einer Art Museumshalle. Der Bus mit der Nummer 2857 war in der unteren Hälfte gelb, hatte grün gerahmte Fenster und ein weißes Dach. Das Leuchtschild über der Windschutzscheibe verriet sein Ziel: Cleveland Avenue.

Martin neben mir lächelte. »Das ist der Bus, in dem Rosa Parks gesessen hat«, sagte er, »aber bevor wir uns das ansehen, muss ich in meiner Erzählung noch etwas weiter ausholen.«

Das Bild blieb eingefroren stehen.

»Ich hatte in den nächsten Jahren auf dem Morhouse College viel gelernt, nicht nur über Gandhi«, begann Martin. »Mein Studium der Soziologie begeisterte mich. Immer tiefer tauchte ich in die Problematik der Rassentrennung ein. Doch ich schnupperte auch in andere Bereiche, zum Beispiel in die Theologie oder Philosophie. Auch meinem

Hobby ging ich weiter nach. Ich hielt Reden auf studentischen Wettbewerben und gewann sie auch. Und nebenbei war ich Hilfsprediger in der Gemeinde meines Vaters. Als ich 1948 meinen Abschluss in Soziologie machte, begann ich mit dem Studium der Theologie. 1948 … im gleichen Jahr wurde Gandhi erschossen. Auch er fiel einem Anschlag zum Opfer …« Gedankenverloren hielt Martin in seiner Erklärung für einen Moment inne. Dann besann er sich und fuhr fort: »Drei Jahre lang lernte ich mehr über die Bibel, von der Auslegung der Heiligen Schrift, von anderen großen Menschen, die sich dem Weg des Christentums verschrieben hatten. Aber ich las auch Bücher von Menschen, die die Gesellschaft und die Religion ganz anders sahen. Dennoch brachte mich nichts mehr ab von meinem Weg des gewaltfreien Widerstands.« Wieder hielt er kurz inne. »Ich hätte einen viel leichteren Weg wählen können, hätte sicher einen Posten im Weißen Haus beziehen können, doch ich wollte ja aktiv dabei sein, vorangehen, anführen …«, sagte er. »Also ging ich nach meinem Abschluss in Theologie nach Montgomery in Alabama. Ich wurde dort Pastor der *Dexter Avenue Baptist Church*.«

Ein kleiner Summer ertönte und das Bild des Busses verschwand. An seine Stelle trat ein Hochzeitsfoto.

»Oh«, sagte Martin fast entschuldigend, »das hätte ich beinahe vergessen. Bevor ich nach Montgomery zog, heiratete ich. Mein Vater hat die Trauung im Elternhaus meiner Braut vorgenommen: Coretta Scott Williams.«

Stumm betrachtete ich das junge Paar. Martin war links auf dem Foto zu sehen, Coretta rechts. Beide lächelten glücklich in die Kamera. Martin trug ein weißes Jackett mit schwarzer Fliege, dazu eine schwarze, festliche Hose. Seine Frau hatte sich in seinen linken Arm eingehakt, die langen schwarzen Haare offen unter einem feinen durchsichtigen Schleier. Das ärmellose, lange und mit Stickereien verzierte Kleid sah wunderschön aus. Dazu trug sie fast durchsichtige Handschuhe, die bis zu den Ellenbogen reichten.

»Ich war so glücklich in diesem großen Moment«, sagte Martin neben mir. »Merkwürdig, wie schnell man schöne Momente vergisst, aber die weniger schönen immer wieder ins Gedächtnis ruft.« Er drückte auf die Fernbedienung und ein weiteres Familienfoto erschien. »Vier wunderbare Kinder hatten wir zusammen«, erklärte Martin, »da war Yolanda Denise, dann Martin Luther III, Dexter Scott und 1963 erblickte dann noch Bernice Albertine das Licht der Welt. Wir waren gesegnet!«

Lange blieb das Foto auf der Leinwand stehen. Martin stand neben seiner ältesten Tochter vor einem Bücherregal. Vor ihm auf einem Stuhl saß seine Frau Coretta mit der jüngsten Tochter auf dem Schoß. Rechts und links neben ihnen standen Martins Söhne.

Mein Raum veränderte sich. An den Wänden erschienen die gleichen Regale, hunderttausend Bücher, ein Stuhl davorgerückt. Mein Raum schien sich dem Bild anzupassen, es zu verlängern, sodass wir plötzlich mittendrin waren. Martin und ich standen auf und schlenderten an den vielen Einbänden entlang.

»Coretta hatte eine wunderschöne Stimme«, sagte Martin leise, »sie spielte Geige und auch Klavier. Sie hatte Musik studiert. Ich liebte es, ihr zuzuhören!«

Während Martins Frau mit den beiden Söhnen sprach, griff Martins älteste Tochter nach einem Buch. Wir standen direkt hinter ihr. Die jüngste Schwester zupfte an ihrem Rock. »Liest du mir was vor?«, bettelte sie.

Martin neben mir schien sehr nachdenklich geworden zu sein. Manchmal habe ich gedacht, dass ich kein Recht gehabt habe, in den Widerstand zu gehen.« Er schluckte schwer.

»Wie meinst du das?«

»Ich hatte eine wundervolle Frau und unglaublich wundervolle Kinder. Aber ich habe sie in Gefahr gebracht. Jedes Mal, wenn ich niedergeschlagen, angerempelt, verhaftet wurde, habe ich Angst gesät.« Martin blickte mich eindringlich an, während seine große Tochter die kleine Bernice auf den Schoß genommen hatte und jetzt mit leiser Stimme vorlas. »Wenn du wüsstest, Sonny«, fuhr er fort, »dass deine Mutter, deine kleine Schwester, dein Vater, dass alle, die du liebst, durch dich in Gefahr geraten, Ängste um dich erleiden, wenn du fortgehst, auch wenn es für eine gute Sache ist, wie würdest du dich da fühlen?«

Das war wirklich eine knifflige Frage. Mama hatte einmal zu mir gesagt, als ich Maurice gegen einen Rüpel aus der neunten Klasse beigestanden hatte und mit einem blauen Auge und einer verstauchten Hand nach Hause gekommen war, dass ich nicht versuchen müsste, mit allen Mitteln, die Welt zu verbessern. Besonders dann nicht, wenn mein eigenes Wohl dabei gefährdet wurde. Ich hatte die Angst um mich in ihren Augen gesehen. Schließlich waren Maurice und ich erst sechs Jahre alt und der Depp aus der neunten Klasse erschien uns damals wie der Riese Goliath. Kevin hieß er. Er hatte Maurice niedergehauen und mich dann vom Bordstein auf die Straße geschubst. Es war das pure Glück, das in diesem Moment kein Auto auf der Hauptstraße gefahren war.

»Ich kann es dir nicht sagen«, erwiderte ich leise, »auf der einen Seite steht man für seine Sache oder seine Freunde ein. Da denkt man doch nicht groß darüber nach, was dabei passieren könnte! Auf der anderen Seite wird einem später schon bewusst, wie gefährlich manches ist und wie viel Angst die Menschen, die dich lieben, um dich haben.«

Martin versank noch tiefer in sein Grübeln.

Nach einer kleinen Ewigkeit unterbrach ich ihn. »Warum war vorhin das erste Bild auf der Leinwand ein Bus?«

Martin kam aus seinen Gedanken zurück und wandte sich mir zu. Mein Raum wurde wieder zum Kino, die Bücher, die Regale, der Stuhl und die Menschen waren verschwunden.

»In diesem Bus hat Rosa Parks gesessen«, wiederholte er seine Worte und zwinkerte mir zu. »Mit Rosa Parks und ihrer Weigerung aufzustehen, begann eine Bewegung, die schnell an Kraft gewann. Wir starteten einen Boykott. Wir weigerten uns, die Busse zu benutzen, in denen wir nicht die gleichen Rechte hatten, wie die Weißen.«

»Das verstehe ich nicht«, gab ich zu. »Wie kann das, was eine einzelne Frau tut, zu einem Boykott werden? Oder das, was sie eben nicht tut?«

»Sie hat *gesessen*«, sagte Martin und betonte das letzte Wort. »Sie hat gesessen und ist nicht aufgestanden! Wenn du so willst, ist sie aufgestanden, weil sie nicht aufgestanden ist!«

»Du meinst, sie ist gegen das Unrecht aufgestanden, weil sie durch ihr Sitzenbleiben darauf aufmerksam gemacht hat?«

Martin nickte. »Sieh nur selbst!«

Die Kamera zoomte auf einen weißen Reporter, der ein großes graues Mikrofon in der Hand hielt. Hinter ihm stand der gleiche Bus. Polizei und viele Menschen standen um ihn herum, der Busfahrer gestikulierte wild und erklärte anscheinend mit lauter Stimme, was vorgefallen war.

»Wir haben den 1. Dezember 1955 und ich berichte live von einem unerhörten Vorfall, provoziert von einer farbigen Mitbewohnerin der Stadt«, berichtete der Mann vor der Kamera. »Wie uns unschwer entgehen kann, versuchen die Farbigen erneut, den ihnen zugewiesenen Platz zu verlassen, beziehungsweise wie der vorliegende Fall Rosa Parks zeigt, einen Platz für Weiße eben *nicht* zu verlassen. Es erscheint ungeheuerlich, wie viel Rechte diese Farbigen noch einfordern. Sie haben genug Plätze in den Bussen zugesprochen bekommen. Wir erinnern uns an den Protest der damals 27-jährigen Irene Morgan. Sie war in einem Greyhound-Bus unterwegs von Gloucester nach Baltimore und sollte ihren Platz für einen Weißen freimachen. Sie wurde damals von einem Anwalt der Vereinigung NAACP, also der *National Association for the Advancement of Colored People*,* vertreten und gewann den Prozess. Heute nun protestiert Frau Parks auf die gleiche Art und Weise, nur dass es jetzt um den Nahbusverkehr geht.«

Während der Reporter erklärend weitersprach, schwenkte

* Nationale Organisation für die Förderung farbiger Menschen, s. Glossar.

die Kamera auf die offen stehende Tür des Busses. Zwei Polizisten führten eine farbige Frau mittleren Alters aus dem Bus heraus und verfrachteten sie recht unsanft in das parkende Polizeiauto. Die umstehenden Weißen schüttelten ihre Köpfe, manche drohten sogar mit hochgehaltener Faust oder riefen dem abfahrenden Polizeiauto Beschimpfungen hinterher. Reporter und Kamera bewegten sich auf den Busfahrer zu, der gerade wieder einsteigen wollte.

»Verzeihen Sie«, hob der Reporter an, »was genau ist in Ihrem Bus vorgefallen, Mister …?«

»Blake«, sagte der Busfahrer und wandte sich dem Reporter zu, »mein Name ist James Fred Blake.« Er trat einige Schritte aus seinem Bus heraus und stand nun in vollem Licht. »Also, die verhaftete Person hat sich geweigert, einen für weiße Mitbürger reservierten Sitzplatz zu räumen. Sie saß mit anderen Farbigen zusammen in einer Reihe, die ausschließlich für Weiße war. Ein weißer Fahrgast machte darauf aufmerksam und alle räumten die Plätze, nur Frau Parks nicht. Sie sagte, sie sei müde nach einem langen anstrengenden Arbeitstag und wolle nicht den Rest der Fahrt stehen müssen, wenn es doch genug freie Plätze gäbe.« Der Mann sprach schnell und mit Nachdruck und wirkte angewidert. »Natürlich bin ich sofort meiner guten Bürgerpflicht nachgekommen«, fuhr er fort, »und habe augenblicklich die Polizei gerufen.«

»Das war sehr vorbildlich von Ihnen«, pflichtete der Reporter ihm bei, »vielen Dank für ihr Statement!«

»Das ist doch selbstverständlich!«, erwiderte der Busfahrer. »Wo kommen wir denn da hin, wenn die gleichen Rechte für alle gelten?« Mit diesen Worten wandte Mister James

F. Blake sich um, bestieg seinen Bus und fuhr davon. Lange blickte die Kamera den Rücklichtern des Busses nach.

Ich hatte für mein Referat ein Interview mit ihm gefunden, das er erst vor einigen Jahren gegeben hatte. Bereits alt und grau, saß er hingelümmelt dem Reporter gegenüber, der ihn nach seinen Ansichten fragte und ihn über die damaligen Vorfälle interviewte. Ich glaube, er hat bis ins hohe Alter nicht begriffen, was an seiner Tat so falsch gewesen war.

Martin neben mir regte sich und sagte schließlich: »Rosa wurde offiziell wegen Störung der öffentlichen Ruhe verhaftet und später von einem Gericht zu einer Strafe von insgesamt 14 Dollar verurteilt. Das Verfahren war schnell und nicht aufsehenerregend, doch die Wellen dieser Verhaftung und der Verurteilung schlugen hoch.

Du musst wissen, Sonny, dass Rosa bereits seit einigen Jahren in der gleichen Vereinigung arbeitete, die damals Irene Morgan vertreten hatte, der NAACP. Sie war dort Sekretärin, arbeitete zusätzlich aber noch als Schneiderin. Sie hat bei ihrer Arbeit viel von dem Unrecht gegen die farbige Bevölkerung mitbekommen, denn in der damaligen Zeit war die Rassentrennung in Montgomery stark ausgeprägt.

Von Schulen, die nur für Weiße oder nur für Farbige waren, hast du ja schon gehört, aber es gab auch Parkbänke oder Aufzüge, die eben nur von Weißen beziehungsweise von Farbigen benutzt werden durften.

Wie du in dem Film gesehen hast, waren die Busse ebenfalls getrennt, doch nicht vollständig. Es gab vorne im Bus die reservierten Sitzreihen für Weiße und im hinteren Teil die Sitzreihen nur für die Schwarzen. Die Sitze der Weißen blieben oft leer, durften aber dennoch nicht von den afroamerikanischen Passagieren benutzt werden, obwohl der hintere Teil des Busses oft überfüllt war. Auch mussten die Farbigen vorne einsteigen, um beim Busfahrer zu bezahlen, dann den Bus aber wieder verlassen und hinten einsteigen. Nicht selten kam es dabei vor, dass der Busfahrer dann einfach losgefahren ist ...«

»Ich fasse es nicht«, stieß ich wütend hervor. »Wieso haben sich die Farbigen nicht gewehrt?«

»Na ja«, erwiderte Martin, »das haben sie doch. Nur eben nicht mit Gewalt, das hätte nicht funktioniert, sondern zu noch mehr Hass geführt. Rosa Parks hat uns einen besseren Weg aufgezeigt, so wie Gandhi auch: den gewaltfreien Protest. Die Diskriminierung in den Bussen ging ja noch weiter. Im mittleren Bereich gab es Sitzreihen, in die sich die Farbigen setzen durften. Kam aber nur ein einziger weißer Fahrgast und wollte sich auf einem der Sitze niederlassen, musste die gesamte Reihe von den Farbigen geräumt werden.«

Ich sah Martin sprachlos an. Verglichen mit diesen Umständen, die er mir gerade schilderte, waren die Hänseleien der Jungs ja fast lächerlich.

»Und das alles nur, um die Trennung aufrechtzuerhalten«, fügte Martin bitter hinzu. »Aber wie du ja weißt, war ich auch in Montgomery als Prediger tätig. Diesen Protest von Rosa Parks nutzte ich als Chance, endlich im großen Stil gegen die Rassentrennung vorzugehen ...«

»Auch gewaltfrei«, sagte ich.

»Ganz genau«, stimmte Martin zu, »gewaltfrei! Ich war noch nicht sehr bekannt in Montgomery. Ich war ja erst seit gut einem Jahr dort als Prediger angestellt. Aber ich gründete die *Montgomery Improvement Association,* die MIA und organisierte damit und mit Unterstützung von Ralph Abernathy, der seit diesen Tagen immer an meiner Seite war, den anschließenden Busboykott in ganz großem Umfang.

Die Verurteilung von Rosa Parks hat zu einer enormen Solidaritätsbewegung innerhalb der schwarzen Bevölkerung geführt, denn fast ein Drittel der gesamten Bevölkerung von Montgomery waren Schwarze. Größtenteils waren sie als Landarbeiter oder Hausangestellte beschäftigt. Einfache Menschen, mit einfachen Ideen und Mitteln, aber sehr erfolgreich damit.«

Martin griff nach dem Popcorn. »Am gleichen Tag wie die Verurteilung, also am 5. Dezember 1955, fand ein eintägiger Boykott der öffentlichen Busse durch die farbige Bevölkerung statt. Sie wurden aufgerufen, zu Fuß zu gehen, Fahrgemeinschaften zu bilden, sich Taxis zu nehmen. Und was soll ich sagen? Fast alle machten mit. Die farbige Bevölkerung von Montgomery stand geschlossen hinter dem Boykott. Das sollte den Unternehmen zeigen, wie groß der Einfluss der Farbigen auf die Wirtschaft war und wie wenig Rechte sie dafür im Gegenzug zugesprochen bekamen. Die Unternehmen erkannten das und ich erkannte das. Ich nutzte genau diesen Beginn des Boykotts, um ihn auszubauen, ihn ganz groß zu machen und dadurch unsere Rechte einzufordern.«

Wieder kaute Martin auf seinem Popcorn und trank Cola. »Gut, das Zeug«, lobte er.

»Wie ging es weiter?«, fragte ich.

»Nun ja«, sagte Martin grinsend, »schließlich wurden aus einem Tag ganze 385 Tage!«

Ich riss erstaunt die Augen auf. »Das ist ja über ein Jahr«, rief ich aus, »wie habt ihr das so lange ausgehalten?«

»Eine alte Frau, die jeden Tag schwer beladen kilometerweit zu Fuß ging, fasste das ganz gut zusammen. Sie sagte, dass sie zwar müde Füße habe vom vielen Gehen, dass ihre Seele aber endlich frei sei. Es ist der Wille zur Veränderung gewesen, aber auch das Vertrauen auf die eigene Stärke und auf Gott«, erwiderte Martin. Dann fügte er augenzwinkernd hinzu: »Aber die Spenden, die aus dem ganzen Land kamen und die finanzielle Unterstützung durch die NAACP waren auch nicht schlecht!«

Wir lachten beide.

Plötzlich leuchtete ein neues Foto auf der Leinwand auf und ein ohrenbetäubender Rumms war zu hören. Mein kleiner Raum und mein Sitz wurden erschüttert, wie in einer Thunderbox. Ein völlig zerstörtes Haus war zu sehen, Staub darüber, Qualm. Hatte da eine Bombe eingeschlagen?

Martin neben mir zog die Luft scharf durch die Zähne ein. »Das war allerdings weniger schön«, sagte er, »zu Beginn des Jahres 1956 wurde ein Anschlag auf unser Pfarrhaus ausgeführt. Zum Glück ist nur das Haus gesprengt worden. Mir und meiner Familie ist nichts passiert.«

Ich hielt den Atem an. Das war mehr, als eine Rauferei zu ertragen, das war wirklich eine Nummer größer. »Nur« das Haus?!

Wieder veränderte sich mein Raum. Über uns öffnete sich der graue Himmel, Staub lag in der Luft. Ich hatte fast das Gefühl, den Staub schmecken zu können. Martin nahm mich mit zur zerstörten Veranda. Wir traten über Schutt und Gerümpel. Um uns herum liefen einige Menschen zusammen. Hektische Rufe wurden laut.

»Siehst du«, sagte Martin leise, »wieder habe ich meine Familie in Gefahr gebracht, auch wenn uns nichts passiert ist. Die Angst war unser ständiger Begleiter!«

Sirenen waren nun zu hören, Polizei und Feuerwehr bogen in die Straße ein. Wir waren stumme Beobachter am Gartenzaun, während Menschen an uns vorbei ins zerstörte Haus hineinstürmten, Befehle riefen oder sie befolgten, oder einfach nur dastanden und wie wir fassungslos auf das zerbombte Haus starrten.

Martin bückte sich und hob etwas vom Boden auf. Es war ein kleines, zersplittertes Holzkreuz. »Das hing immer über der Verandatür«, sagte Martin, »gleichsam als Schutz und Erinnerung, welchen mächtigen Fürstreiter wir auf unserer Seite hatten.«

»Meine Mutter sagt das auch immer«, erwiderte ich, denn ich erinnerte mich an Mamas Worte, wenn sie mich tröstete. »›Sonny‹ sagte sie immer, ›denk dran, dass du nie allein stehst. Da gibt es immer einen, der mit dir geht, der dich begleitet, der vor dir geht und dich führt, der hinter dir geht, um dich zu schützen oder der dich trägt, wenn du mal nicht mehr alleine weiterkannst!‹«

»Ein wunderbares Trostwort«, sagte Martin. »Auch wir wurden gestärkt durch die Worte unseres Herrn. Aber auch durch die Menschen, die uns seit diesem Vorfall unterstützten.«

Die Feuerwehrleute hatten das Haus gesichert und waren wieder ins Freie getreten. Sie sperrten den Bereich der zerstörten Veranda großzügig ab. Das rotweiße Band flatterte im Wind. Wir wichen ihnen aus, drehten uns um und betraten wieder meinen Raum. Die Decke über uns schloss sich und verhängte die Sicht auf den grauen Staubhimmel.

»Viele Medien, auch im Ausland, berichteten nun über unseren Boykott«, erklärte Martin, als wir wieder in unseren Kinosesseln saßen. »Obwohl mittlerweile der Vietnamkrieg tobte und darüber viel berichtet wurde, fanden unsere Ansichten in den Medien breites Interesse und Gehör. Die anderen hatten Gewalt gezeigt, nicht wir«, fuhr Martin fort. »Es wurde alles versucht, den Boykott zu zerschlagen. Die Taxifahrer, die sich angeboten hatten, die Farbigen zu Buspreisen von 10 Cent zu transportieren, wurden gesetzlich dazu gezwungen, einen Mindestfahrpreis von 45 Cent zu erheben. Aber die Menschen ließen sich dadurch nicht beirren. Etwa 300 private Autofahrer taten sich zu einer Gruppe zusammen, richteten ›Haltestellen‹ ein und boten ihre Fahrdienste an.

Und wie gesagt, plötzlich kamen Spendengelder aus dem ganzen Land, um uns zu unterstützen. Die Falschmeldungen durch weiße Gegner, die das Ende des Streiks ausriefen, die Gewalt, um den Widerstand zu brechen, all das fruchtete nicht. Aber es kam immer wieder zu Festnahmen. Im März des gleichen Jahres wurde auch ich zu 500 Dollar Strafe verurteilt, weil ich den Boykott vorantrieb.

Im Juni endlich bekamen wir dann Recht zugesprochen. Erst war es das Bundesbezirksgericht, dann kam die Bestätigung am 13. November 1956 durch den Obersten Gerichtshof. Mit meinen Freunden zusammen bestiegen wir den ersten Bus, der nun für alle frei war, egal ob vorne oder hinten.

Und damit war der Boykott beendet. Das war eine krasse Zeit, wie du sagen würdest.«

»Aber du hast immer an einen Erfolg geglaubt, oder?«, fragte ich.

»Sicher«, meinte Martin, »außerdem war ich nicht allein, da waren so viele Menschen, die mir folgten und da war Ralph, der immer neben mir ging und mich begleitete, selbst ins Gefängnis!«

Nachdenklich betrachtete ich die Wand in meinem Kino.

»Das ganze Geheimnis bei so einer Sache ist, Vertrauen zu haben«, sagte Martin leise, der meinem Blick gefolgt war, »Gott kann uns inmitten aller äußeren Stürme inneren Frieden geben, man muss ihm nur vertrauen. Vertrauen haben in Gott und auch Vertrauen haben in die Menschen, die dich lieben, das ist das Geheimnis.«

Ich nickte und sah mit Freude, dass die Tür in meiner Wand wieder da war.

***

KAPITEL 11

EINGESPERRT UND DOCH BEFREIT

Here come the Men in Black«, tönte das Lied von Will Smith gedämpft hinter der Tür hervor. »It's the MIB's, here come the MIB's ... They won't let you remember ...«

Absolut großartiger Film und absolut nicer Song. Ich war neugierig, was sich hinter meiner Tür tat. Ich erlaubte es meinem Gehör, nach draußen zu lauschen, erlaubte es meinen Augen, zu sehen und auch meinem Tastsinn, alles um mich herum wahrzunehmen.

Das Zimmer, in dem ich lag, war immer noch das gleiche. Hell und freundlich. Auch die Blumen blühten noch gelb und frisch. Ich blickte auf den Kalender, der an der Wand hing. Es war Sonntag. Am Freitag war mein Unfall passiert, das hieß also, dass ich seit zwei Tagen im Koma lag.

»Erst?«, schoss es mir durch den Kopf. Es kam mir viel länger vor. Ich hatte so viel gehört und gesehen und mit Martin über alles Mögliche diskutiert. Verrückt: Zwischen dem, was man gefühlt erlebte und dem, was an Zeit tatsächlich verging, lagen wirklich Welten, in meinem Fall zwei Tage.

Noch einmal wanderte mein Blick durch das Zimmer. Niemand war da, doch der Stuhl, auf dem meine Mutter gesessen hatte, stand noch ganz dicht an meinem Bett. Vielleicht holte sie sich gerade nur einen Kaffee? Oder sie musste sich um Sally kümmern?

Mein Blick wanderte zu dem Beistelltisch neben meinem Bett. Dort lag ein MP3-Player, der das Lied von Will Smith abspielte. Das war definitiv nicht Mamas Geschmack. Also woher kam der Player?

Ein neues Lied begann, das ich nur von einer alten CD von Papa kannte. Es hieß »Ebony and Ivory« und wurde von Paul McCartney von den Beatles und Stevie Wonder, einem farbigen, blinden Sänger aus den USA, gesungen. Sie fragten in dem Lied, warum Menschen mit unterschiedlichen Hautfarben nicht genauso harmonisch nebeneinander existieren konnten, wie die schwarz-weißen Tasten auf einem Klavier. Ich hatte es lange nicht mehr gehört. Krass guter Song. Also hatte Papa die Musik ausgesucht?

Plötzlich jedoch ging die Tür auf. Ich wandte mich dem Eingang zu, doch es waren nicht meine Eltern, die mein Zimmer betraten. Markus war es, gefolgt von Lukas. Etwas verlegen standen sie an meinem Bett und blickten auf mich hinunter. Lukas stupste seinen Bruder an.

»Oh, ja, richtig«, stammelte Markus und nestelte an seiner Jacke herum.

»Wir hoffen, dir gefällt die Playlist, die wir für dich zusammengestellt haben«, sagte Lukas und deutete auf den Player, während Markus seine Jacke geöffnet hatte und ein Geschenk daraus hervorzog.

»Es ist ein wenig zerknittert und hat beim Transport etwas gelitten«, entschuldigte sich Markus, »aber wir hoffen, dass es dir gefällt!«

Etwas unbeholfen legte er es neben den MP3-Player. »… live together in perfect harmony …«, sang Paul McCartney.

Ich wollte gern etwas sagen, etwas erwidern, doch meine Stimme war noch in meinem Raum. Ich konnte noch nicht wieder über sie verfügen. Aber meine Hände lagen ja da, in diesem Zimmer. Also reckte ich kurzerhand den linken Daumen in die Höhe. Was davon in meinem wirklichen Körper ankam, war ein müdes Zucken meines Zeigefingers, aber Lukas hatte es gesehen.

»Ey, Mann«, sagte er und stupste erneut seinen Bruder an, »wird der wach? Bitte, Sonny, Alter, werd' wieder wach!«

Eine Krankenschwester betrat hinter ihnen den Raum. Anscheinend hatte sie die Veränderung auf ihren Überwachungsmonitoren auch bemerkt.

»Na, Jungs?«, fragte sie. »Hat sich etwas getan?«

Bei diesen Worten blickte sie erst auf den Monitor, dann in mein Gesicht. Sie beugte sich über mich. *Schwester Klara* stand auf ihrem Schild.

»Sein Finger hat sich bewegt«, erwiderte Lukas. »Ist das ein gutes Zeichen?«

»Ich denke schon«, sagte Schwester Klara und griff nach meiner Hand, »sein Bewusstsein scheint zurückzukommen!«

Ich versuchte, ihren Druck zu erwidern, merkte aber, dass mir das nicht so richtig gelingen wollte. Irgendwie fehlte mir die Kraft. Wieder zuckte nur mein Zeigefinger.

»Ich werde dem Arzt Bescheid sagen, dass er sich das mal ansieht«, sagte sie, »aber ich denke, es wird jetzt nicht mehr lange dauern, bis er wieder ganz bei uns ist.« Sie lächelte. »Es ist gut, dass ihr bei ihm seid, ihm etwas erzählt und auch die Musik mitgebracht habt. Das wird ihm helfen, die Tür zu durchschreiten!«

Woher wusste sie von meiner Tür?

Beim Rausgehen zwinkerte sie den beiden zu, doch irgendwie hatte sie auch mich gemeint, glaube ich.

Erneut warf ich einen Blick auf Markus und Lukas, auf den MP3-Player und auf das zerknitterte Geschenk. Ich lächelte. Ich war neugierig, was darin eingepackt war, wollte es öffnen und ansehen. Doch noch nicht jetzt. Ich zog mich in meinen Raum zurück. Vorerst.

»Und?«, fragte Martin, der bereits wieder neben mir saß. »Hast du alles gesehen und gehört, was du brauchst, um zurückzukehren?«

»Ich denke schon«, erwiderte ich, »aber erst möchte ich deine Geschichte zu Ende hören.«

»Aber wenn wir hier fertig sind, kehrst du zurück!«, sagte Martin. »Abgemacht?«

Er streckte mir eine Hand entgegen.

»Abgemacht!«, sagte ich und schlug ein.

Martin drückte auf die Fernbedienung.

»Nach dem gewonnenen Busboykott«, sagte Martin, »wurde ich zum Präsidenten der neu gegründeten SCLC gewählt, der *Southern Christian Leadership Conference*. Ralph war mein Vertreter. Wir setzten unsere Arbeit gegen Rassentrennung fort und ich schrieb nebenbei fleißig an meiner Doktorarbeit.«

Wieder erschien aber auf der Leinwand ein zerbombtes Gebäude. Die Kamera schwebte darüber, fing die Trümmer ein, die entsetzten Gesichter von Menschen, weißen und schwarzen, die drum herumstanden und auf das Übel blickten. Eine Reporterin kommentierte die Bilder: »... stehen hier vor den Trümmern des Pastorates ... zum Glück blieb es bei Sachschäden ... niemand wurde ernstlich verletzt und Familie King konnte unversehrt entkommen ...«

Martin drückte auf »Pause« und sagte: »Unsere Gegner wollten uns damit einschüchtern. Immer wieder griffen sie zu Mitteln der Gewalt. Aber anstatt uns Angst einzujagen, uns niederzuzwingen, gerieten sie selbst in die Kritik und stärkten dadurch uns und unsere Bewegung.«

Ich hatte es verstanden: Gewalt den anderen zu überlassen, um sie damit bloßzustellen, war die Lösung. Aber nicht nur das, sondern auch immer wieder die versöhnliche Geste zur Verbrüderung. Was hatte Martin vorhin gesagt? Die Liebe sei die stärkste Waffe der Menschheit? Damit könne man persönliche und gesellschaftliche Wandlungen erreichen? Mittlerweile glaubte ich ihm!

»Einige Tage später verhaftete die Polizei sieben weiße Männer, von denen zwei den Anschlag gestanden«, sagte Martin. »Frag mich nicht, warum, aber sie wurden kurz darauf wieder freigelassen.«

Mittlerweile hatte Martin den Popcorneimer auf seinem Schoß stehen und ließ es sich schmecken. »Ich bin 1957 im ganzen Süden des Landes unterwegs gewesen«, sagte er kauend, »ich habe 208 Reden gehalten und überall für unsere Sache des gewaltfreien Widerstands geworben.«

Auf der Leinwand erschien ein Buchumschlag. Martin neben mir lachte und freute sich: »Und mein erstes Buch habe ich auch geschrieben!«

Auf dem Buch stand ganz oben:
A leader of his people tells
*The Montgomery Story**
Darunter stand ganz groß und rot hinterlegt:
STRIDE TOWARD FREEDOM
Dann folgte auf einem blauen Untergrund: By Martin Luther King Jr. Außerdem war ein Foto abgebildet.

»Meine Güte«, lachte Martin auf, »wie jung ich da noch war.«

»Du siehst cool aus in dem Anzug«, erwiderte ich. »Mein Vater trägt auch immer Anzüge, so richtig schick, mit Krawatte und gebügeltem Hemd und so. Wie hast du das alles nur zeitlich geschafft? Du hattest die Stelle als Prediger, du warst Präsident deiner Bewegung, bist im Land herumgereist, hast Reden gehalten, ein Buch geschrieben, deine Doktorarbeit, deine Familie …«

Eine Stimme ertönte von der Leinwand und unterbrach mich: »… erfolgreiche Bewegung gegen die ungerechte Behandlung der afroamerikanischen Mitbürger … Martin Luther King als einer der herausragendsten Sprecher dieser Bewegung … immer mehr Weiße schließen sich dieser Bewegung an …«

»Ich habe meine Pastorenstelle in Montgomery aufgegeben«, sagte Martin schließlich, »ich wollte mich ganz dem gewaltlosen Widerstand widmen. Daher habe ich beschlossen, mir die Stelle in der Ebenezer-Gemeinde in Atlanta mit meinem Vater zu teilen. Ich war ja auch in jungen Jahren

* Ein Anführer seines Volkes erzählt die Montgomery Geschichte: Schritte zur Freiheit.

schon sein Hilfsprediger. Also sagte ich mir: zurück zu meinen Wurzeln. Außerdem blieb dann auch mehr Zeit, mich verhaften zu lassen.« Martin zwinkerte mir zu, als er mein entsetztes Gesicht sah. »Komm mit, ich zeig es dir!«

Aus meinem Raum heraus führte jetzt ein Weg. Im Mittelgang lagen große graue Steinplatten und verlängerten ihn bis in die Leinwand hinein. Links wuchs eine Hecke, rechts standen Leute, die im Zorn etwas riefen, protestierten. Wir folgten dem Weg und mischten uns unter die Menschen.

Dann marschierten zwei Polizisten auf uns zu. Natürlich waren es weiße Polizisten. Zwischen ihnen ging Martin. Er trug ein weißes Hemd mit Krawatte, einen hellen Anzug und Hut. Der Polizist links von ihm hatte Martins Arm nach hinten gedreht und schob ihn halb vor sich her. Martin hatte seine linke Hand beschwichtigend erhoben und wandte sich mit leisen Worten an die Umstehenden.

»Es ist alles gut«, sagte er, »alles ist gut. Greift nicht ein!«

Er sah nicht so aus, als hätte er Angst, sondern würde genau den Weg gehen, der für ihn bestimmt war.

Die Polizisten verfrachteten Martin in ein Auto und fuhren nun mit ihm davon. Die Menschen murrten, sahen dem Auto hinterher. Manche waren erschrocken, manche zornig, manchen stand der Kampfeswille ins Gesicht geschrieben.

»Was denkst du, wenn du diese Menschen siehst, Sonny?«, fragte Martin und deutete um sich.

»Dass sie mir Angst machen«, erwiderte ich. Es rutschte so aus mir heraus, bevor ich wirklich nachgedacht hatte, was ich sagen wollte. »Ich weiß auch nicht genau, wieso«, versuchte ich, es zu erklären, »schließlich sind das deine Freunde, deine Mitstreiter und Gleichgesinnte.«

»Aber es ist unterschwellig viel Zorn und Bereitschaft zur Gewalt zu spüren, oder?«, fragte Martin. »Stell dir vor, die Menschen hätten dem nachgegeben. Wie wäre dann dieser Tag wohl zu Ende gegangen?«

Die Szene begann erneut. Die murrende Menge rechts, Martin zwischen den Polizisten links vor der Hecke. Martins beschwichtigende Hand leicht erhoben. Doch diesmal gingen seine beruhigenden Worte unter, denn plötzlich löste sich aus der Menschenmenge ein junger Mann und schlug dem rechten Polizisten mit der Faust ins Gesicht. Der taumelte rückwärts und fiel zu Boden. Völlig überrascht von dem Angriff versuchte der zweite Polizist, sich zu wehren. Martin stellte sich schützend vor ihn, doch durch den Fausthieb war die Gewalt entfesselt. Es gab kein Halten mehr. Martin wurde zur Seite gedrückt, ging hilflos Worte schreiend in der Menge unter, die sich nun auf die völlig wehrlosen Polizisten stürzte und sie mit Tritten und Schlägen traktierte.

Plötzlich blieb das Bild eingefroren stehen. Martin hatte die Fernbedienung in der Hand. Wir standen immer noch mitten in der Szene auf dem Weg, die tobende Menge um uns herum.

Traurig blickte Martin auf das Geschehen. »Siehst du es in ihren Gesichtern?«, fragte er schließlich leise.

Ich wusste sofort, was er meinte. Ich sah den gleichen Zorn, die unsagbare Wut, aber auch den Triumph in den Augen und auf den Gesichtern der Menschen, die zuschlugen und ihrer Gewalt nun endlich freien Lauf ließen, wie meine eigene Wut, meinen eigenen Triumph, als ich Daniel in den Schwitzkasten genommen hatte. Ich erschrak zutiefst.

»Das ist ein Tier, das man nicht bändigen kann«, sagte Martin.

»Es gibt noch eine Möglichkeit«, sagte ich und nahm Martin die Fernbedienung aus der Hand. Ich drückte auf »Zurück«. Der Film sprang auf den Anfang. Wieder standen wir mitten unter den Menschen, wieder kamen die Polizisten mit Martin in ihrer Mitte den Weg an der Hecke entlang, direkt auf uns zu.

In meinem Film wehrte sich Martin, er hatte die Hand nicht beschwichtigend erhoben, sondern hatte sie zur Faust geballt. Auch sagte er nicht leise: »Alles wird gut, greift nicht ein«, sondern rief der Menge zu: »Es ist Zeit zu handeln. Lasst es nicht zu, dass sie einen Unschuldigen einsperren!« In seiner Stimme schwang Angst, in seinen Augen stand Panik. Die Menge umringte die Polizisten und befreite Martin aus ihrer Mitte. Die Menschen schlugen zwar nicht zu und traten nicht um sich, aber sie hielten die Polizisten mit Gewalt fest. Und wieder sah ich den Ausdruck von Triumph in ihren Augen. Ich stoppte den Film.

»Eine interessante Variante«, meinte Martin nachdenklich, »du zeigst mir etwas, das mich tatsächlich andauernd während meines Widerstands beschäftigte. Meine eigene Angst vor den Konsequenzen. Mein ständig anwachsender Wunsch, den leichteren Weg zu gehen. Aber glaub mir, Sonny, dieser Sieg wäre, wie dein eigener über Daniel, nur kurzfristig gewesen.«

Ich nickte.

»Lass die erste Szene noch einmal laufen«, forderte Martin mich auf. Ich spulte vor, bis Martin schon im Auto saß und davonfuhr.

So ganz allmählich löste sich die Menge auf, nur noch vereinzelte Grüppchen standen zusammen und diskutierten die Verhaftung. Und wieder waren da viele verschiedene Stimmungen zu spüren. Manche sprachen leise miteinander, wieder andere standen beisammen und schienen zu beten, der ein oder andere sprach laut, voller Eifer, mit hochgereckter Faust.

»Grundsätzlich ist der Mensch gewaltbereit«, sagte Martin, »auch, wenn wir uns theoretisch einig waren, keine Gewalt anzuwenden, so musste man es auch umsetzen können. Auch davor hatte ich im Widerstand immer größere Angst, dass doch jemand seine Hand gegen unsere Angreifer erhebt und damit alles noch schlimmer macht, so wie wir das eben in der alternativen Szene gesehen haben.«

»Deshalb hast du versucht, die Menge zu beschwichtigen?«, fragte ich. Wir schlenderten gemeinsam den Weg zurück in meinen Raum.

»Manchmal hatte ich das Gefühl, dass es meine Hauptaufgabe war, die Menge zu beschwichtigen. Eine ganz schön schwierige Gratwanderung, Sonny. Auf der einen Seite willst du die Menge anstacheln, dass sie sich gegen Ungerechtigkeiten wehrt, ihren Zorn, ihren Unmut wecken. Andererseits darf sie aber dem Zorn nicht freien Lauf lassen, sondern muss in die Bahn der Gewaltfreiheit gelenkt werden.«

»Kann ich verstehen«, sagte ich und dachte an meinen Sturz mit dem Fahrrad. Bis zu einem gewissen Punkt in meiner eigenen Geschichte konnte ich gewaltfrei handeln, hatte die Absicht, gewaltfrei zu handeln, weil es eine gute Sache war, ehrenvoll, heldenhaft. Als aber die Provokation durch Daniel immer größer geworden war, habe ich mich nur noch von meinen Gefühlen leiten lassen und ihn in den Schwitzkasten genommen. Auch das war ja eine Form der Gewalt gegen ihn. Wie musste es da erst Martin ergangen sein, der als Anführer der Bewegung für die Gefühle und das Handeln so vieler verschiedener Menschen die Verantwortung trug? Und vor allem, wie hatte er es geschafft, gegen seine eigene Angst und den Zweifel den Weg der Gewaltfreiheit weiter zu verfolgen …

»Wie ist es zu der Verhaftung gekommen?«, fragte ich neugierig. »Hast du am Ende doch etwas Verbotenes getan?«

Martin räusperte sich, während wir uns setzten. »Das war nicht nur *eine* Verhaftung«, sagte er schließlich, »wenn ich richtig mitgezählt habe, dann wurde ich in den nächsten Jahren 29 Mal verhaftet. 1961 begannen die sogenannten *Freedom Rides*.* Da fanden viele Gewalttätigkeiten gegen uns statt und ich bin hingefahren, um daran teilzunehmen und die Demonstranten zu unterstützen.«

»1961«, sagte ich nachdenklich, »da ist bei uns in Deutschland die Mauer gebaut worden, zwischen Westdeutschland und Ostdeutschland, der damaligen DDR. Wir haben die Zeit im Geschichtsunterricht durchgenommen. Da wurde Berlin durch eine unüberwindbare Mauer geteilt. Die ganze DDR haben sie an den Grenzen mit Zäunen und Minen abgesperrt. Da konnte niemand rein, geschweige denn raus. Zum Glück ist die Mauer irgendwann wieder gefallen und die Menschen, die getrennt waren, wurden wiedervereinigt.«

»Ich weiß von der Mauer«, sagte Martin, »ich war da, in Berlin, 1964, und habe vor etwa 20.000 Menschen gespro-

* Fahrten für die Freiheit, s. Glossar.

chen, dass das Trennende nie gut ist und verurteilt werden muss.«

Ich dachte mit Unbehagen an den jetzigen Präsidenten der USA. Auch er wollte eine Mauer errichten. Hatte er denn gar nichts aus der Geschichte gelernt? Das Trennende konnte auf die Dauer doch nicht wirklich funktionieren!

Martin war sehr nachdenklich. Auch er schien das zu denken, denn er sagte: »Das, was trennt, muss überwunden werden, nur so kann endgültiger Frieden herrschen. Deshalb haben die Menschen und auch ich an den Freiheitsfahrten teilgenommen!«

Die Kamera erfasste einen Greyhound-Bus, der über eine Landstraße fuhr. Viele weiße und farbige Menschen saßen in ihm. Doch plötzlich hörte man Reifen quietschen, das Aufheulen von Motoren. Einige Autos kamen herangeschossen und blockierten den Weg. Der Bus musste anhalten.

Aus den Autos sprangen vermummte Gestalten, sie verschafften sich gewaltsam Zutritt in den Bus und zerrten die Menschen heraus. Mit Tritten und Schlägen machten sie die Menschen nieder, die sich jedoch nicht wehrten. Kein einziger, weder schwarz noch weiß schlug zurück.

»Das Gesetz hat uns zwar Recht zugesprochen«, erklärte Martin, »aber in vielen Staaten wurde das noch nicht umgesetzt. Also sind viele von uns in den Überlandbussen gefahren, um auf das bestehende Unrecht aufmerksam zu machen. Du siehst, welche Gewalt uns entgegenbrandete! Die Angreifer setzten einmal in Montgomery einen Bus in Brand, über 300 Rassisten beteiligten sich an dem Übergriff. Die Polizei jedoch schritt nicht ein und auch die Krankenwagen holten die schwerverletzen Farbigen erst viel zu spät ab. Das waren ganz schlimme Zeiten! Oft mussten die *Freedom Rides* durch militärische Streitkräfte geschützt werden.«

»Hat nie irgendjemand zurückgeschlagen?«, fragte ich und blickte gebannt auf den brennenden Bus, der die Leinwand ganz ausfüllte und auf die Soldaten, die schwer bewaffnet die anderen Busse zu schützen versuchten. Ich musste an die Menschenmenge bei Martins Verhaftung denken, wo der Zorn und die Gewaltbereitschaft bei einigen wenigen fast greifbar gewesen waren.

Martin fuhr sich mit der Hand über die Augen. Seine Schultern sackten nach vorn. »Doch«, sagte er so leise, dass ich ihn kaum verstehen konnte, »in Albany haben viele junge Demonstranten die Polizisten mit Stöcken und Flaschen angegriffen. Albanys Stadtregierung wollte öffentliche Plätze, wie Parks oder die Stadtbücherei, nicht für Farbige freigeben, obwohl sie ja genauso dafür bezahlten wie die Weißen. Die jungen Demonstranten konnten den Weg der Gewaltfreiheit nicht für sich akzeptieren und schlugen zurück. Das war wohl neben meinen eigenen Verletzungen die dunkelste Stunde in der ganzen Bewegung …« Er stockte. Es wurde einen Moment ganz still in meinem Raum.

»Es gab auch andere Ansichten als unsere. Ein sehr bekannter und charismatischer Sprecher der Farbigen war Malcolm X. Im Gegensatz zu mir war er kein Christ, sondern konvertierte nach einer Pilgerfahrt nach Mekka zum Islam. Er sah mehr die Armut im Norden des Landes, in den Slums, in denen er aufgewachsen war, als die Probleme im Süden. Wenn du so willst, habe ich meinen Traum geträumt, während er seinen Albtraum sah. Auch er wurde sehr oft festgenommen, bildete sich im Gefängnis fort. Er wollte nicht, wie er es nannte, um Freiheit und gleiche Rechte betteln, sondern sie sich nehmen! Er schloss sich der *Nation of Islam* an. Leider folgten ihm viele Menschen auf diesem Weg. Doch das war nicht mein Weg. Ich rief anschließend zum Gebet und zur Reue auf«, sagte Martin fast noch leiser, »aber den Kampf in Albany, den hatten wir verloren! Ich konnte das den jungen Leuten nicht zum Vorwurf machen. Gewaltfrei zu bleiben, erfordert viel Disziplin und Mut. Wir hatten die jungen Menschen nicht genügend darauf vorbereitet.«

»Was ist aus Malcolm X geworden?«, fragte ich.

»Er wurde erschossen«, erwiderte Martin, »von seinen eigenen Leuten. Er hatte zuvor den Anführer seiner Organisation in aller Öffentlichkeit kritisiert. Das hat ihm keine Freunde gemacht!«

»Mir kommt es so vor, als hätte jeder damals eine Knarre gehabt und konnte einfach so drauflosballern«, sagte ich, »so viele Anschläge, Morde …«

Martin nickte. »Das war und ist schon immer ein Problem in Amerika gewesen«, sagte er, »zu lasche Waffengesetze. Aber wie gesagt, das war nicht unser Weg. Später bei den Protesten in Birmingham haben wir versucht, die Menschen besser auf den gewaltfreien Protest vorzubereiten und einzustimmen. Wir haben eine Liste erstellt, zehn Gebote sozusagen, die wir gemeinsam immer wieder mit ihnen durchgingen. Wer mitdemonstrieren wollte, musste sich daran halten.«

Auf der Leinwand erschien ein Zettel, auf dem die »Gebote« standen. Man sollte zum Beispiel jeden Tag über das

Leben Jesu nachdenken, sich daran erinnern, dass man nicht den Sieg suchen solle, sondern Versöhnung und Gerechtigkeit, dass man im Geist der Liebe und im Geist Gottes handeln solle, dass man bete für Kraft und Freiheit und dass man sich aller Gewalttätigkeit enthalte.

Mir wurde bewusst, dass ich bei meiner Auseinandersetzung mit Daniel auch nicht gut vorbereitet gewesen war. Jetzt jedoch war mir vieles klargeworden und ich hatte definitiv Handlungsalternativen.

»Genau das waren die Jahre, in denen ich sehr oft verhaftet wurde«, unterbrach Martin meine Gedanken.

Bei diesen Worten zeigte die Kamera zwei Fotos von Martin. Es waren typische Verbrecherfotos. Eins im Profil und eins von vorn. Martin hielt ein Schild vor sich, wie alle, die erst einmal katalogisiert wurden. Darauf stand:

POLICE DEPT
BRIMINGHAM ALA
118593 – 4.12.63

»Was heißt das?«

»Das sind meine Inhaftierungsnummer und das Datum der Verhaftung 1963. Die Abkürzungen stehen für ›Police Department‹ und ›Birmingham Alabama‹«, erklärte Martin.

»Aber wie ist es dazu gekommen?«, fragte ich erneut.

»Manchmal gab es gar keinen Grund«, sagte Martin schlicht, »das war reine Schikane. Manchmal lag es aber auch an den Sit-ins, an den Sitzstreiks. Viele Schwarze folgten bereits meinem Weg des gewaltlosen Widerstands, doch wir mussten nun noch mehr unseren Protest verdeutlichen, damit sich etwas änderte. Wir setzten uns also in Restaurants und Imbissstuben für Weiße und forderten, dass man uns auch bediene. Wir warteten geduldig, manchmal stundenlang. Dann gingen wir und kamen am nächsten Tag wieder. Wir zeigten Geduld, blieben beharrlich, auch wenn die Stimmung der Weißen um uns her immer aggressiver wurde. Sie bewarfen uns mit Essen, beschimpften uns, pöbelten und attackierten uns. Ich glaube, ich selbst wurde um die zwanzig Mal angegriffen. Wir mussten Tritte und Schläge einstecken, immer wieder Beleidigungen, bis schließlich die Polizei kam und uns verhaftete.«

»Boah«, sagte ich.

Auf der Leinwand schrie plötzlich eine Frau. Sie hatte irgendetwas in der Hand. Einen Flaschenöffner? Es ging alles so schnell, dass ich erst gar nicht verstand, was da passierte. Es war eine farbige Frau, die sich auf Martin stürzte. Martin ging blutend zu Boden.

»Oh«, sagte Martin, »das war weniger schön. Ich musste im Krankenhaus notoperiert werden, das war ziemlich knapp. Aber ich habe der Frau keinen Vorwurf gemacht. Sie hatte viel unter den Unruhen und dem Hass der Weißen zu leiden und sie machte mich dafür verantwortlich. Sie wollte lieber ihr ruhiges, geordnetes Leben zurück, als die Freiheit für alle. Ich konnte sie gut verstehen!« Er machte eine kurze Pause und wurde sehr still. Er atmete tief ein und sagte schließlich: »Nur Corry, meine eigene Frau, die konnte es nicht verstehen. Sie hatte Angst um mich, aber noch viel mehr um das Leben unserer Kinder! Wir erhielten anonyme Drohanrufe, immer wieder. Und bald machte Coretta mir meinen Lebensstil zum Vorwurf. Die Sache konnte und durfte nicht wichtiger sein als das Leben unserer eigenen Kinder. Es war eine schwierige Zeit für uns alle.«

Ein neues Bild erschien. Es war das Bild eines Mannes.

»Den kenne ich«, rief ich aus, »das ist John F. Kennedy. Er war ein ganz bekannter Präsident der Vereinigten Staaten. Wurde der nicht auch erschossen?«

Martin nickte. »Wie du schon sagtest. In dieser Zeit wurde irgendwie auf jeden geschossen! Aus einer meiner Inhaftierungen kaufte mich Robert F. Kennedy frei, der jüngere Bruder des späteren Präsidenten John F. Kennedy! Ein Richter hatte mich zu vier Monaten Zwangsarbeit verurteilt, warum auch immer. Ich wurde mitten in der Nacht in die Haftanstalt Reidsville in Georgia gebracht. Du musst wissen, dass das eine Hochburg des Ku-Klux-Klans war, über den wir vorhin gesprochen haben. Meine Aussichten, da wieder lebend rauszukommen, waren mehr als gering. Aber wie gesagt, die Kennedys halfen uns. Schließlich wurde ich gegen eine Kaution von 200 Dollar freigelassen. Über 80 Prozent der Schwarzen stimmten später bei der Präsidentenwahl für John F. Kennedy. Wir versprachen uns von seiner Wahl sehr viel, denn er unterstützte unsere Bewegung. Und was war besser, als den weißen Präsidenten der Vereinigten Staaten von Amerika, also den mächtigsten Mann der Welt, wie er von vielen betitelt wird, aufseiten der Schwarzen zu haben?«

»Ein schwarzer Präsident«, erwiderte ich trocken. Dann fügte ich erklärend hinzu: »Du kannst das nicht wissen, aber Amerika hatte bis vor Kurzem noch einen farbigen Präsidenten. Den ersten Schwarzen im Weißen Haus! Barack Obama von der Demokratischen Partei!«

Martin sah mich mit großen Augen an. »Das kann ich kaum glauben!«, sagte er leise.

»Deine Idee lebt weiter«, erwiderte ich, »auch wenn vieles noch nicht gleich ist für die Menschen unterschiedlicher Rassen, es nähert sich an …« Ich zögerte, als ich wieder an den jetzigen Präsidenten der USA dachte und an die Rückschritte, die unter seiner Regierung stattfanden. Er sah wieder das Trennende zwischen den Menschen und wollte das durch seinen Mauerbau unterstreichen. Aber damit musste ich Martin ja nicht belasten.

»Wurde er auch erschossen, so wie J. F. Kennedy?«

»Nein«, lachte ich, »er hatte zwei gute Amtszeiten und hat viel für das Land getan!«

»Das ist gut, Sonny«, sagte Martin nachdenklich, »dann haben sich all die Mühe, all die Schmerzen und Tränen, dann hat sich all das gelohnt!« Er schluckte. »Als wir unsere Bemühungen um die Aufhebung der Rassentrennung in Birmingham konzentrierten«, fuhr er mit belegter Stimme fort, »hat man sogar Hunde auf die friedlichen Demonstranten gehetzt. Wir hatten mit Vertretern der Geschäftsleute die Aufhebung bestimmter rassentrennender Gegebenheiten vereinbart, wie zum Beispiel das Benutzen öffentlicher Toiletten. Doch der damalige Polizeichef Eugene ›Bull‹ Connor, war extrem rassistisch. Und sein Spitzname sagte schon alles aus über ihn, was man wissen musste. Er war wie ein Stier, wie ein Bulle, der mit gesenkten Hörnern durch die Massen der Schwarzen stieß. Er befahl seinen Leuten, Hunde auf uns zu hetzen und uns einzusperren. Auch Wasserwerfer setzte er ein, dabei wurden nicht einmal Kinder verschont. Sie wurden von der Wucht des Strahls zu Boden gerissen.«

Tränen standen ihm in den Augen und ich selbst spürte einen Kloß in meiner Kehle. »Das geht ja sowas von gar nicht«, sagte ich heiser.

»Der Hass steckte in staatlicher Uniform, steckte in den Vertretern des Gesetzes, die doch alle gleich behandeln sollten, doch vor aller Augen, denn die Bilder gingen durch die Medien, prügelte, trat und biss dieser Hass sich immer mehr ins Unrecht. Wir konnten nur von Glück sagen, dass wir in dem neuen Präsidenten einen wirklich starken Verbündeten hatten. Nicht nur viele weiße Amerikaner waren über die Angriffe der Polizei so entsetzt, sondern John F. Kennedy persönlich hat diese Aktion sofort verurteilt, sie als ›nationale Schande‹ bezeichnet und von einer ›moralischen Krise‹ gesprochen, in der sich sein, unser Land, befand. Endlich gewann der ganze Protest an Boden und er brachte einen Gesetzesentwurf für die Gleichberechtigung der Schwarzen auf den Weg!«

Ein Lied ertönte. Eine wunderschöne hohe und doch kraftvolle Frauenstimme schwang sich durch meinen ganzen Raum und sang die Worte: »We Shall Overcome.« Die Frau stand auf einer Bühne nur mit ihrer Gitarre und sang vor allen Leuten.

»Joan Baez«, murmelte Martin und sang dann leise mit. Als das Lied zu Ende war, sagte er: »Eine wunderbare Sängerin, die uns in unserer Sache unterstützte. Dieser alte Gospel mit den Worten ›wir werden es überwinden‹ wurde dadurch zur Hymne unserer Bürgerrechtsbewegung.«

Nachdenklich schaute er auf die Leinwand, auf der jetzt eine riesige Menschenmenge zu sehen war, die mit Plakaten eine breite Straße entlangschritt. So weit das Auge reichte, von Bäumen rechts und links gesäumt, marschierten Farbige und Weiße auf die Kamera zu. Fast alle hielten ein Plakat in die Höhe, auf dem sie für ihre Rechte warben. Da stand zum Beispiel:

We march for integrated Schools – now!

We march for Jobs and Freedom!

We will march as long as we can!*

Und noch vieles mehr. Ich war beeindruckt. So viele Menschen waren schon auf dem richtigen Weg!

Ein Sprecher berichtete: »Eine Viertelmillion Menschen pilgert nach Washington. Friedlich demonstrieren sie für ihre Rechte, für Jobs und Freiheit. Ein beeindruckendes Schauspiel bietet sich uns hier, liebe Zuschauer. Gegen alle gewaltvollen Widerstände bleibt ihr eigener Widerstand absolut gewaltfrei. Ein bemerkenswerter Wille zeichnet sich hier ab, bemerkenswerte Menschen unter einer bemerkenswerten Führung.«

An dieser Stelle schwenkte die Kamera auf Martin, der gemeinsam mit vielen anderen Menschen der Menge voranging. Neben ihm, wie so oft auf den Bildern zu sehen, sein bester Freund Ralph Abernathy.

»Martin Luther King«, hob der Sprecher wieder an, »ist wohl der bedeutsamste und bekannteste Fürsprecher und Visionär dieser Bewegung. Wir sehen ihn hier vorangehen und doch einer von vielen sein. Ein Mann seines Volkes mit starken Visionen!«

***

* Wir marschieren für integrierte Schulen – jetzt!
Wir marschieren für Arbeit und Freiheit!
Wir werden marschieren, solange wir können.

KAPITEL 12

MARTINS TRAUM

Das nächste Bild zeigte Martin am Mikrofon hoch über dem Washingtoner Lincoln Memorial stehen. Seine Vorredner hatten alle kurz und prägnant fünf Minuten lang gesprochen. Über 250.000 Menschen waren versammelt und warteten, dass Martin zu ihnen sprach.

»Ich war ganz schön aufgeregt«, sagte Martin neben mir, »auch wenn ich bereits hunderte Reden gehalten hatte. Dies war etwas ganz anderes, eine ganz andere Hausnummer! Natürlich war ich vorbereitet, hatte meine kurze Rede geschrieben, so wie meine Mitredner auch, und doch brachte mich eine Stimme aus dem Hintergrund dazu, etwas ganz anderes zu sagen, von meinem Traum zu sprechen und zu improvisieren. Wir hatten so viel erreicht, hatten durchgesetzt, dass die Schilder ›White‹ und ›Colored‹ endlich aus der Öffentlichkeit verschwanden, dass alles für alle gleich war … Immer wieder schrieb ich meine Texte aus dem Gefängnis, versuchte, den Menschen weiterhin Mut zu machen, sie in ihrem gewaltlosen Widerstand zu bestärken. Doch die Weißen gingen immer brutaler vor, setzten Wasserwerfer ein, egal, ob Kinder in der Menge waren oder nicht. Manchmal hatte ich nur Zeitungsränder oder Toilettenpapier zur Verfügung, um meine Gedanken festzuhalten und sie in die Außenwelt zu schmuggeln. Und je mehr Gewalt uns entgegenbrandete, umso mehr mussten wir weiterhin darauf verzichten, so schwer es uns auch fiel.«

»Ich kenne ein Zitat von dir aus dieser Zeit«, sagte ich, »mein Freund Maurice hat es mir oft aufgesagt. Ich glaube, du hast geschrieben: ›Es ist nicht die Frage, ob wir Extremisten sein wollen, sondern vielmehr, Extremisten welcher Art. Wollen wir Extremisten für den Hass oder für die Liebe sein?‹ Oder habe ich das falsch wiedergegeben?«

»Nein«, lachte Martin, »das hast du dir gut gemerkt. Und zum Glück merkten sich das die meisten Menschen in meiner Zeit auch! Und dann stand ich plötzlich vor all diesen Menschen, mit all ihren Hoffnungen, ihren eigenen Träumen und die Stimme meiner Mitstreiterin Mahalia Jackson forderte mich auf: Erzähl ihnen von deinem Traum, Martin! Und was soll ich sagen? Genau das tat ich. Ich warf meine vorbereitete Rede über Bord und improvisierte.

›Ich habe einen Traum‹, rief ich der Menge zu, ›dass eines Tages die Söhne früherer Sklaven und die Söhne von früheren Sklavenhaltern auf den roten Hügeln von Georgia am Tisch der Bruderschaft zusammensitzen können. Ich habe einen Traum, dass meine vier kleinen Kinder eines Tages in einer Nation leben werden, in der sie nicht nach der Farbe ihrer Haut, sondern nach ihrem Charakter beurteilt werden.‹«

Abrupt wandte ich mich Martin zu. »Die Rede kenne ich!«, unterbrach ich ihn aufgeregt. »Sie ist auf einem Poster abgedruckt, das an meiner Tür hängt! Ich habe es geschenkt bekommen.«

»Lass mich raten«, lachte Martin, »von deinem guten Freund Maurice.«

»Von meinem allerbesten Freund«, lachte ich, »ja, von Maurice!«

Martin griff zur Fernbedienung und spielte den letzten Teil seiner Rede ab.

Der Martin auf der Leinwand hatte die rechte Hand weit zum Himmel erhoben und rief mit voller, laut erhobener Stimme die Worte: »Free at last, free at last, thank God Almighty, we are free at last!«*

Applaus und Jubel brandeten auf.

»Fünf Minuten hatten mir zugestanden«, erklärte Martin entschuldigend, »ganze 17 sind es geworden! Es war eine gute Zeit und so im Nachhinein glaube ich, war es der Höhepunkt der Bewegung. Doch irgendwie wendete sich das Blatt erneut.« Er spielte gedankenverloren mit der Fernbedienung. »Hatte ich im August 1963 nach dieser Rede noch gedacht, dass nun alles gut werden und weiter vorangehen würde, so täuschte ich mich«, begann er schließlich von Neuem. »Die Gewalt gegen die Schwarzen hörte einfach nicht auf. Im Gegenteil, es wurde immer schlimmer. Der Herbst des gleichen Jahres war furchtbar. Eine weitere Bombe des Ku-Klux-Klans, die eine Kirche in Birmingham zerstörte, riss auch vier farbige Mädchen mit in den Tod.« Martin schluckte schwer. »Und der Höhepunkt der Gewalt gegen uns, gegen unsere Bewegung und gegen unsere Fürsprecher war der 22. November. Das war der Tag, an dem

* Endlich frei, endlich frei! Dankt Gott, dem Allmächtigen! Wir sind endlich frei!

John F. Kennedy ermordet wurde, erschossen in seinem Auto, als er zusammen mit seiner Frau durch die Straßen von Dallas fuhr. An diesem Tag hatte ich eine Ahnung, irgendwie wusste ich da schon, dass ich unseren Widerstand nicht überleben würde.«

Wir schwiegen beide, denn wir wussten ja genau, dass das zutraf und dass auch Martin erschossen wurde, nur viereinhalb Jahre später. Martin holte Luft und nahm einen großen Schluck Cola.

»Manchmal waren die Vorgänge so grotesk, dass es schon fast witzig war«, fuhr Martin fort. »Im Sommer 1964 saß ich zum Beispiel wieder einmal im Gefängnis, diesmal in Florida, doch ich sollte in Connecticut die Ehrendoktorwürde entgegennehmen. Wie also sollte das möglich sein? Kurzerhand wurde ich gegen eine hohe Kaution freigelassen, durfte in New Haven die Auszeichnung entgegennehmen und bin dann nach Florida ins Gefängnis zurückgekehrt.«

»Wie dumm ist das denn«, sagte ich, »die einen zeichnen dich für deine Taten aus, die anderen sperren dich als Verbrecher ein!«

»Aber die Hoffnung darf man dennoch nicht verlieren!«

»Na, vor allen Dingen nicht, wenn man den Friedensnobelpreis gewinnt!«, lachte ich und klopfte ihm auf die Schulter. Ich erinnerte mich, dass Maurice das einmal erzählt hatte während seiner ausschweifenden Lobesreden auf Martin und seine gewaltfreie Bewegung.

Martin sah mich mit großen Augen an. »Das stimmt«, sagte er, »wie schnell man manches vergisst!«

Auf der Leinwand sah man nun Martin an einem Pult stehen. Er hielt ein längliches hölzernes Kästchen in der

Hand, das ihm von einem älteren Mann übergeben wurde.

»Das ist König Olaf V. von Norwegen!«, erklärte Martin. »Das war im Dezember 1964 in Oslo. Ich habe das Preisgeld von über 50.000 Dollar meiner Bewegung gespendet!«

»Schicke Krawatte«, sagte ich.

Auf der Leinwand sah man nun Martin, der das Kästchen öffnete und stolz in die Kamera hielt. Eine große goldene Medaille lag darin mit dem Kopf Alfred Nobels darauf.

»Das war eine grandiose Auszeichnung«, sagte Martin, »die ganze Welt hatte teil an unserer Bewegung des gewaltfreien Widerstands! Doch was für mich und meine Familie dahinterstand, war weit mehr. Du sagtest gerade ›schicke Krawatte‹, das stimmt, das war sie, die neueste Mode, ganz elegant und edel und unsagbar teuer. Ich wollte sie erst nicht tragen, es fühlte sich nicht richtig an. Ich sagte zu meiner Frau, dass in unserem Land unsere Schwestern und Brüder hungern und ich hier eine so teure Krawatte trage … Coretta sagte nur, dass es guttat, einmal weg zu sein, raus aus dem Land, in welchem ständig unser Leben bedroht wurde. Meine Frau sah nicht nur die Fortschritte, die wir politisch errungen hatten. Für sie war jeder Marsch, jeder Protest ein Schritt in den möglichen Tod. Die Angst, mich oder unsere Kinder zu verlieren, begleitete sie jeden Tag. Ich war sehr erschöpft in dieser Zeit. Immer ging es durch Nacht und Sturm, mit nur wenig Hoffnung auf Licht.«

Martin sackte in seinem Sitz zusammen und schluchzte leise auf. Dann fuhr er mit brüchiger Stimme fort: »In den nächsten Monaten weiteten wir unsere Forderungen immer mehr aus. Wir forderten nicht nur bessere Jobs für alle und Freiheit, sondern gingen auch im Gedenken an Malcolm X gegen die Armut der Bevölkerung vor. Wir forderten den Bau neuer Kindergärten, neuer Wohnungen, wollten eine funktionierende Müllabfuhr in allen Vierteln, auch in den Gettos, mehr öffentliche Toiletten. Wir wollten mehr Ausbildungsplätze für Schwarze und forderten auch einen Mindestlohn. Unser größter Wunsch war aber eine Kontrollstelle, die gegen Polizeigewalt einschritt und somit die willkürlichen Verhaftungen einstellte. Damit jeder Bürger geschützt wäre, nicht nur die Weißen.«

Auf der Leinwand sah man erneut eine große Menge protestierender Menschen, die auf einem Marsch unterwegs war.

»Möchtest du mitgehen?«, fragte mich Martin und erhob sich. »Lass mich noch einmal teilhaben am Widerstand so großartiger Menschen.«

Wir gingen eine Straße entlang und trafen auf eine kleine Versammlung von protestierenden Menschen.

»Das war am Vorabend der Protestmärsche von Selma nach Montgomery«, erklärte Martin. »Insgesamt waren es drei Stück.«

»Wieso seid ihr marschiert?«, fragte ich.

»Schwarze hatten leider auch nach all den Jahren noch nicht die gleichen Rechte wie die Weißen, besonders nicht, wenn es um das Wahlrecht ging«, meinte Martin. »Auch wenn der neue Präsident Lyndon B. Johnson einen Gesetzesentwurf verabschiedete, durch den die Farbigen bessergestellt werden sollten, hörten die Gewalttaten gegen uns nicht auf. Weiterhin wurden viele erschossen, verhaftet, verprügelt, auch Weiße, die uns unterstützten.«

Wir schritten hinter der Gruppe der Demonstranten entlang und sahen, wie sie auf das State Capitol Building starrten. Sie demonstrierten absolut friedfertig, fast leise, doch die Polizisten, die nun auf uns zu marschierten, waren grob und laut. Keiner der Demonstranten provozierte durch Gesten, Taten oder Blicke und dennoch zogen die Polizisten Schlagstöcke, mit denen sie nun erschreckend dynamisch auf die Menschen zusprangen und auf sie einschlugen. Eine wehrlose Frau ging direkt vor unseren Füßen zu Boden. Niemand schritt gegen die Gewalt der Gesetzeshüter ein: die Frau nicht, ihre Familie nicht, nicht ihr Mann und auch nicht Martin, der nur etwa zwei Meter hinter ihr in der Reihe stand.

Entsetzt blickte ich auf ihn und dann auf meinen Begleiter. »Wie konntet ihr das nur aushalten?«, fragte ich und meine Stimme überschlug sich fast. »Es ist das eine, die Gewalt am eigenen Körper zu spüren und zu ertragen, aber ihr habt tatenlos zugesehen, wie die Menschen um euch herum verprügelt worden sind …« Ich war total sprachlos.

Martin drückte auf die Fernbedienung und die Szene um uns herum spulte auf den Anfang zurück.

»Das ist, was ich in diesem Moment dachte«, sagte Martin tonlos und drückte auf »Play«.

Der Film begann erneut, wir standen wieder hinter der Menge der Demonstrierenden. Wieder kamen die Polizisten mit Schlagstöcken, ich sah den Körper der Frau zusammensacken. Dann jedoch sah ich Martin, der wie ein Krieger durch die Reihen brach, sich auf den erstbesten Polizisten stürzte, sah Ralph Abernathy, der es ihm gleichtat, sah plötzlich die friedfertige Menge sich in einen brüllenden, vor Zorn schäumenden, gewaltbereiten Mob verwandeln. Überall wurden jetzt die Menschen zu Boden geworfen, getreten, Blutlachen bildeten sich auf dem hellen Pflaster der Straße. Ein Schuss ertönte, dann ein weiterer, dann viele. Vor uns fielen die Menschen um wie gefällte Bäume – Blut war jetzt überall. Schreie. Es dauerte nur noch Sekunden und keiner der Demonstranten lebte mehr: die Frau nicht, ihre Familie nicht, nicht ihr Mann und auch nicht Martin. Die Polizisten standen wie im Western mit rauchenden Colts über ihren Opfern.

Ich begriff: Gewalt war tatsächlich keine Lösung. Selbst, wenn die Menschen heute die Polizisten überwältigt und die niedergeprügelte Frau gerächt hätten, sie hätten jeden weiteren Kampf gnadenlos verloren.

»Ich möchte zurück in meinen Raum«, sagte ich leise. Mir war übel, ich war traurig und entmutigt.

Martin legte mir eine Hand auf meine Schulter. »So ging es mir oft in dieser Zeit«, sagte er genauso leise.

Die sicheren Wände meines Raums umfingen uns. Beim Hinsetzen sah ich, dass die Kamera nun über eine lange Reihe berittener Polizei schwenkte.

»Das ist der erste Marsch von Selma nach Montgomery«, sagte Martin. »Die Polizei war nicht gekommen, um die Demonstranten friedlich zurückzudrängen.«

Ein Knall ertönte. Nach dem Startsignal des Polizeikommandanten gab es kein Halten mehr. Die Reiter hielten in vollem Galopp auf die friedlich marschierende Menschenmenge zu und trieben die Demonstranten dann brutal auseinander. Auf einer Brücke wurde Tränengas eingesetzt, schwere Knüppel sausten auf die Köpfe der Menschen nieder, immer wieder, immer wieder, Peitschen und elektrische Viehstäbe wurden eingesetzt. Die Menschen flohen, wehrten sich jedoch nicht. Sie wurden einfach niedergemetzelt.

Ich war froh, hier in meinem Raum zu sitzen und nicht unter den Fliehenden sein zu müssen.

»Das war der 7. März 1965«, sagte Martin mit tränenerstickter Stimme, »der Bloody Sunday!* Es hat viele Opfer gegeben, so viele Verletzte und Tote, und die Gewalt schien nicht abreißen zu wollen. Am 9. März marschierten wir erneut los, wieder wurden wir gestoppt. Wir hatten alle Weißen aufgefordert mitzugehen, besonders die Geistlichen. Es kamen Nonnen, Pfarrer, Prediger aus dem ganzen Land. Ein guter Freund und Unterstützer unserer Bewegung, James Reeb, wurde von weißen Rassisten ermordet. James war selbst weiß, war Vater von fünf Kindern und sein einziges Verbrechen war, dass er mit einem Freund zusammen in einem Restaurant für Farbige gegessen hatte. Anhänger des Ku-Klux-Klans zerschmetterten ihm den Kopf auf offener Straße!

Ich erinnere mich an einen jungen Farbigen, der auch ermordert wurde. Das war Jimmy Lee Jackson, der nur seine Mutter und seinen Großvater beschützen wollte. Wehrlos wie er war, wurde er von der weißen Polizei in den Bauch geschossen. Er starb noch vor Ort. Er hatte seinem Opa versprochen, dass er den Tag noch erleben würde, an dem er als freier Bürger auch an freien Wahlen würde teilnehmen dürfen. Sein Opa sollte das tatsächlich später erleben, Jimmy jedoch nicht. Bei der Rede auf seiner Beerdigung fragte ich die Anwesenden, wer den Abzug gedrückt hatte. Natürlich dachten erst alle an den weißen Polizisten. Aber ich zählte noch mehr auf. Es war nicht nur der weiße Polizist, es waren

* Der blutige Sonntag, s. Glossar.

auch die weißen Politiker und auch der Präsident, der all das in seinem eigenen Land zuließ, doch schließlich waren es auch alle Schwarzen, die sich den Protesten nicht anschlossen, auch sie hatten sich in meinen Augen mitschuldig an Jimmy Lee Jacksons Tod gemacht. Es gab keine Worte als Trost für die Mutter, keine Worte als Trost für den Großvater. Ich sagte zu ihnen, dass Gott es als erster gesehen und als erster um Jimmy geweint habe und dass es nun endlich an der Zeit sei, dass alle gegen das Unrecht aufstehen.«

Ich hatte meine Cola beiseitegestellt und hatte auch keinen Appetit mehr auf Popcorn. Das konnte man doch nicht mehr aushalten. So viel Unrecht, so viel Gewalt und Brutalität und keine Aussicht auf ein Ende.

»Es gab also noch einen dritten Marsch«, fuhr Martin fort, »obwohl es so schwer und ermüdend war, nach einem Sturz immer wieder aufzustehen. Doch auch Jimmys Großvater war wieder mit dabei. Ich hatte vorher mit dem Präsidenten telefoniert. Hatte ihn gefragt, wie es möglich sein kann, dass er amerikanische Truppen nach Vietnam schickte, aber keine Truppen nach Selma oder Montgomery entsendete, um sein eigenes Volk zu schützen. Ich hatte ihn gefragt, an wen man sich erinnern solle, an was für einen Mann: an einen Präsidenten, der mutig und voller Entschlusskraft seinem Volk zu Hilfe eilte und für Gerechtigkeit sorgte, oder an einen Präsidenten, der kniff und die Augen vor dem Unrecht verschloss, den man in einem Atemzug mit den brutalen Schlägern, Sheriffs und Gouverneuren nannte.

Und endlich wurde uns der Marsch gewährt. Wir erreichten nach vier Tagen und fünf Nächten die Hauptstadt Montgomery. Auf der ganzen Strecke wurden wir von Soldaten der US-Army und der National Guard beschützt, sodass unsere Gegner nicht zum Zug kamen.«

Die Kamera zeigte eine Bühne und viele tausende Menschen davor. Es wurde gesungen und gefeiert.

»Das war der Abschluss unseres Marsches«, sagte Martin, »am Abend gab es ein Konzert: *Stars for Freedom*. Viele namhafte Musiker wie Harry Belafonte oder Nina Simone sind dort aufgetreten und haben uns unterstützt.« Martin wirkte müde. Er schloss für einen Moment seine Augen und lauschte den Stimmen und Gesängen, die meinen Raum erfüllten. »Du denkst jetzt sicher, dass das ein toller Sieg gewesen sein muss, ein Fortschritt in unserem Bemühen, weil wir die Stadt erreicht und das Konzert gegeben hatten«, fuhr er fort, »aber das war nicht nur ein Sieg. Viele Menschen waren gestorben, brutal ermordet, James Reeb, Jimmy Lee Jackson, auch eine weiße Frau, nur weil sie Schwarze in ihrem Auto mitgenommen hatte. Fast 4.000 Menschen waren verhaftet worden und doch hatten sich nur etwa 50 Afroamerikaner in die Wählerlisten eintragen können.«

Er ließ seinen Kopf sinken und wischte sich erneut mit der flachen Hand über die Augen. »Ich habe so viel Hass und Gewalt gesehen, dass ich niemals so werden und handeln wollte«, sagte er schließlich, »manche mögen mich für einen Träumer gehalten haben, weil ich von meinem Traum gesprochen hatte, aber niemals sollte Gewalt mein Weg sein! Nicht mit dem Bösen zusammenzuarbeiten ist genauso eine Pflicht wie die Zusammenarbeit mit dem Guten.«

***

KAPITEL 13

WIND DER VERÄNDERUNG

Draußen vor meiner Tür tat sich etwas. Ich war neugierig und erlaubte mir einen Blick in mein Krankenzimmer. Mama war da. Sie hatte Sally auf ihrem Schoß und stillte sie. Es war ein friedliches Bild voller Wärme und Liebe.

Papa kam gerade zur Tür herein. Er hatte zwei Kaffeebecher in den Händen. Er stellte den Becher für Mama auf meinen Schrank. Mein Vater sah müde und besorgt aus. Trotzdem strahlte er Zuversicht aus, denn er legte nun Mama die Hand auf die Schulter, blickte voller Liebe auf sie und Sally und mit dem gleichen Blick auf mich.

Er sah mich so voller Liebe an, dass ich nicht anders konnte als ihn auch ansehen zu wollen. Ich sah, dass meine Augenlider flackerten, aber ich schaffte es noch nicht ganz, meine Augen zu öffnen.

Doch mein Vater hatte es bemerkt. Er lächelte, griff nach meiner Hand und sagte leise: »Solange es auch dauert, Sonny, wir warten auf dich!«

Ich spürte seine Hand und erwiderte seinen Druck. Wieder zuckte mein Zeigefinger.

»Ich kenne dich, mein Sohn«, sagte Papa, »hier liegt ein

Geschenk für dich und ich weiß, wie neugierig du bist. Komm also zurück, dann kannst du es auspacken!«

Ich grinste und sah, dass sich mein Gesicht auf dem Bett tatsächlich leicht veränderte.

»Nur noch fünf Minuten«, sagte ich, obwohl ich wusste, dass er mich nicht hören konnte, weil sich mein Mund noch nicht bewegen ließ, »noch fünf Minuten in meinem Raum. Ein letztes Mal. Dann komme ich. Versprochen!«

Ich ließ mich wieder auf meinen Sitz neben Martin fallen und sah ihn an. »Meine Zeit hier ist fast vorbei«, sagte ich, »erzählst du mir, wie es weiterging?«

»Sicher!« Martin drückte auf die Fernbedienung. »Bis zu diesem Zeitpunkt hatte ich den Präsidenten auf meiner Seite«, begann Martin, »wir planten einen *Marsch der Armen*, um auf Leid, Hunger und Nöte hinzuweisen. Doch dann habe ich meinen Fürsprecher verloren. Ich habe es gewagt, ihn öffentlich für die Rolle Amerikas im Vietnamkrieg zu kritisieren. Der Vietnamkrieg tobte schon seit Jahren, viele Amerikaner ließen dort in Asien ihr Leben oder kehrten als verstümmelte Kriegsveteranen ins Land zurück. Ich habe den Krieg verurteilt, habe gesagt, dass niemand Amerika dazu auserwählt hätte, so etwas wie eine Weltpolizei zu sein. Damit habe ich den Präsidenten brüskiert. Er hat sich noch im gleichen Jahr von mir distanziert. Du musst wissen, dass die Amerikaner sehr vaterlandsliebend sind, dass sie ein großer Patriotismus prägt. Jeder, der also Amerika oder seine Regierung kritisiert, ist in ihren Augen ein Verräter.«

Ein Hubschrauber des Militärs flog durch das Bild. Soldaten an Gewehren saßen an seinen offenen Luken. Unter ihm war grünes Dickicht zu sehen, soweit das Auge reichte.

Qualm und Feuer drangen aus den Bäumen des Dschungels empor. Gewehrschüsse, Explosionen erschütterten meinen Raum.

»Aber ich konnte dazu nicht schweigen«, fuhr Martin fort, »nicht nur viele Menschen starben, dieser Krieg kostete auch viel Geld. Geld, das viel sinnvoller *im* Land hätte ausgegeben werden können. Ein bekannter Theologe und Philosoph unserer Zeit sagte: ›Gott, gib mir die Gelassenheit, Dinge hinzunehmen, die ich nicht ändern kann, den Mut, Dinge zu ändern, die ich ändern kann, und die Weisheit, das eine vom anderen zu unterscheiden.‹*

Dieser Mann hatte erkannt, dass Machtausübung auch immer zu falschem moralischen Verhalten führt. Ich sah diesen Umstand im Vietnamkrieg und äußerte das auch, denn wenn man etwas ändern kann und es nicht tut, dann handelt man nicht richtig. Ich hätte zu diesem Unrecht schweigen können, um die Unterstützung durch den Präsidenten nicht zu verlieren. Dann aber hätte ich mich selbst und das, woran ich fest glaubte, verraten.« Martin seufzte. »Es ist nicht leicht, ein aufrechter Mann zu bleiben, wenn man dadurch an Vorteilen verliert. Aber ich war noch nie jemand, der einem anderen nach dem Mund redete.«

Wir schwiegen.

»Wenn es dich tröstet«, sagte ich leise, »nach deinem Tod haben die Menschen es verstanden. Sie haben endlich gesehen, dass der Krieg schrecklich und unnötig war. Von Maurice weiß ich, dass sie dir zu Ehren später sogar einen Natio-

* Geht wahrscheinlich zurück auf den US-amerikanischen Theologen Reinhold Niebuhr.

nalfeiertag ernannten, den *Dr. Martin Luther King Day*. Er wird jedes Jahr am dritten Montag im Januar gefeiert.«

»Ist das so?«, fragte Martin und zog erstaunt eine Augenbraue hoch.

Ich nickte zustimmend. »Immer rund um deinen Geburtstag.«

»Sie sollten nicht mich ehren, sondern die Sache!« Energisch zappte Martin weiter. Auf der Leinwand war ein Mann zu sehen, der eine Rede hielt. »Darf ich vorstellen?«, fragte Martin. »Lyndon B. Johnson, bei der Verabschiedung der *Voting Rights Act*, des Wahlrechtgesetzes im Jahr 1965.«

Der Mann sprach ruhig aber bestimmt, er sprach davon, dass alle das Recht hätten, sich in die Wahllisten eintragen zu dürfen und dass die Unruhen der Weißen gegen die Schwarzen aufs Schärfste zu verurteilen seien. Zum Schluss meinte er voller Nachdruck, dass das Land diese Krise bald überwunden haben würde und benutzte die Worte der Bewegung: »We Shall Overcome!«

Jubel brandete auf und die Unterschrift unter dem Dokument wurde für einen Moment groß eingeblendet.

Während das Bild umschwenkte und die Kamera auf eine metallene Tür zuhielt, erhob Martin sich. »Ich weiß, welche Tür das ist«, sagte er, »komm mit, das kann ganz interessant für dich werden.«

Ich folgte Martin den Gang entlang, vorbei an den Reihen meiner Kinositze. Um uns herum wurde es taghell. Als wir die metallene Tür erreichten, erkannte ich, dass dort etwas angeschlagen war. Viele Menschen umringten die Tür und betrachteten den Aushang. Wir wanderten an ihnen vorbei, bis wir besser sehen konnten.

»Als wir uns in unseren Protesten mehr auf die Armut der Menschen und die sozialen Rechte konzentrierten«, erklärte Martin während wir nähertraten, »kam mir eine grandiose Idee. So wie mein Namenspatron Martin Luther, der ja seine 95 Thesen im Jahr 1517 an die Kirchentür zu Wittenberg geschlagen hatte, wollte auch ich meine Thesen verfassen und der Öffentlichkeit zugänglich machen. Am 10. Juli 1966, dem ›Freiheitssonntag‹, habe ich wieder einmal eine Rede vor vielen Tausenden von Menschen gehalten. Danach bin ich mit meinen Thesen zum Rathaus von Chicago gegangen und habe sie dort an die Tür geheftet. Allerdings waren es nur 48.« Er lächelte.

»Und das ist diese Tür«, stellte ich fest.

»Ganz genau! Ich hatte zwar nicht gegen den Ablasshandel zu kämpfen, aber wir prangerten die ungleiche Situation für die Schwarzen an. Darüber hinaus forderten wir Verbesserungen der Wohn-, Bildungs- und Arbeitsverhältnisse.«

Die Menschen drängten immer weiter nach vorn. Irgendwie hatte ich mich daran gewöhnt, dass immer viele Menschen da waren, wenn Martin etwas tat. Immer gab es einen Protest und Gegenproteste und obwohl es gewaltfrei war, schwang die Gewalt immer irgendwie mit. Ein Mann stand plötzlich vor Martin und weigerte sich mit hochrotem Kopf, seine ausgearbeiteten Thesen entgegenzunehmen. Er schrie fast, als er Martin versicherte, dass seine Stadt ein hervorragendes Programm zur Bekämpfung der Armut in den Slums hätte.

Martin wandte sich ihm ganz ruhig zu und sprach: »Dann wird es Streiks, Sit-ins, Boykotte und Demonstrationen geben, Bürgermeister.«

»Eine Drohung?«, krächzte der unglückliche Mann.

»Ein Versprechen«, lächelte Martin.

Plötzlich stolperte ich. Ich blickte nach unten und sah einen schweren Ziegelstein, der zwischen den Füßen vieler Menschen auf dem Boden lag.

»Der hat mich am Kopf getroffen«, erklärte Martin, »ein knallhartes und schwerwiegendes Zeichen von Widerstand gegen den Widerstand.« Er lächelte gezwungen und griff sich instinktiv an die Stirn. »Aber er gehört eigentlich nicht in diese Szene«, fügte er grübelnd hinzu, »den Anschlag meiner Thesen habe ich unverletzt überstanden, schließlich hatte ich über 30.000 Wohlgesinnte auf meiner Seite.«

Einen kurzen Augenblick verschwamm das Bild um uns herum und wir standen in einem trüben Gedankenraum, so als wenn ihr auf ein Foto blickt, das mit einem starken Filter überarbeitet wurde. Es war nicht wirklich etwas zu erkennen.

»Ah, ich weiß es wieder«, sagte Martin nach wenigen Sekunden, »ich zeig es dir!«

Mit dem vertrauten Griff zur Fernbedienung spulte Martin an eine bestimmte Stelle vor. Das Bild wurde wieder scharf. Die Menschen um uns herum verschwanden kurz, nur um wenige Augenblicke später wiederaufzutauchen. Sofort spürte ich, dass die Stimmung ganz anders war, viel brodelnder, gewaltbereiter. Martin wurde von vielen umdrängt. Immer wieder riefen die Menschen von außerhalb des Marsches, die am Rand standen, dass er und seine Sympathisanten verschwinden sollten. Viele Weiße schwangen die Fäuste in der Luft und hatten wutverzerrte Gesichter. Aber es waren auch Weiße unter den Demonstranten. Direkt neben Martin ging ein weißer Mann, der auch für die

Bekämpfung der Armut in den Slums demonstrierte. Doch auch dieser Umstand schützte Martin nicht. Irgendwoher aus dem Abseits kam der Stein geflogen. Ich sah ihn kommen, vielleicht, weil ich wusste, dass er kommen würde. Ich sah ihn aus dem blauen Himmel herabfallen. Wie ein Geschoss. Mit voller Wucht traf er Martin, der sofort zu Boden ging. Blut tropfte auf die Straße. Die Menschen schrien entsetzt auf, kamen ihm sofort zu Hilfe.

»Na ja«, sagte der Martin neben mir, der die Fernbedienung immer noch in der Hand hielt und auf sich selbst hinabstarrte, »zum Glück war es ja keine Kugel.« Er lachte dabei, doch dann hörte er abrupt auf, als er merkte, was er da gesagt hatte.

Wir beide starrten uns an.

Plötzlich ertönte ein Schuss.

»Stolpersteine gibt es überall«, sagte Martin leise. »Ich glaube, es ist an der Zeit, zurückzukehren!«

Wir ließen die Menschen, die Straße, den Protestmarsch hinter uns und atmeten erleichtert auf, als mein Raum uns wieder umfing und wir sicher auf unseren Stühlen saßen. Die Tür war wieder in der Wand erschienen. Das Exit-Schild darüber leuchte schwach.

Auf der Leinwand war ein Motel zu sehen, Autos davor, Menschen auf einem Balkon.

»Davor habe ich mich die ganze Zeit gefürchtet«, sagte Martin, »es ist soweit. Wir nähern uns dem Ende hier in deinem Raum und damit auch meinem Ende. Tust du mir einen Gefallen, Sonny? Lässt du die Leinwand schwarz, bitte. Ich glaube, ich verkrafte es nicht, die trauernden Gesichter zu sehen.«

Wortlos überreichte er mir die Fernbedienung. Ohne zu zögern schaltete ich ab. Der Projektor ging aus, die schweren Vorhänge zogen sich vor die Leinwand, das Licht ging an.

»Ich stand auf dem Balkon des Lorraine Motels in Memphis«, sagte Martin, »als mich der Schuss direkt in den Hals traf. Ich spürte das gar nicht. Es war einfach zu Ende. Ich habe kein Geld hinterlassen. Ich habe keine vornehmen und luxuriösen Dinge hinterlassen. Ich wollte nur ein engagiertes Leben hinterlassen.«

»Es gibt eine Gedenktafel«, sagte ich. »Auch ein Film wurde über dich gedreht. Deine Reden wurden veröffentlicht und verbreitet. Sogar ein Asteroid wurde nach dir benannt. Es gibt Denkmäler, Museen, Gedenkstätten, ein King Center und …«

»… und Poster«, fügte Martin lachend dazu.

»Ja, Poster, von denen nun eins an meiner Zimmertür hängt.«

»Fast schöner als jedes Denkmal«, sagte Martin.

»Genau genommen ist es ja eins«, erwiderte ich.

Martin nickte. Nach einer Weile sagte er: »Ich habe einen Traum gehabt und es ist schön zu sehen, dass andere weiter an seine Verwirklichung glauben und an ihr arbeiten. Ich habe gesehen, dass noch nicht alles umgesetzt ist. Aber nicht Perfektion zählt, sondern Fortschritt. Vergebung, Sonny, ist keine einmalige Sache, sie ist ein Lebensstil. Ich muss deinen Raum nun verlassen. Du musst deinen Raum nun verlassen. Geh hinaus in die Welt, Sonny, und lebe meinen Traum weiter, wenn du magst.«

Bei diesen Worten stand Martin auf. Er reichte mir seine Hand und zog mich dann auf die Füße. Er umarmte mich herzlich und klopfte mir auf die Schulter. Ich registrierte aus den Augenwinkeln, dass Cola-Glas und Popcorn-Eimer leer waren. »In Menschen wie dir steckt meine Hoffnung«, sagte er, »weißt du noch, was ich vorhin gesagt habe? Verweile nicht in der Dunkelheit, sondern gehe immer den Weg ans Licht zurück?!«

Dann ließ er mich los, drehte sich um und ging auf die Bühne zu. Er stieg die Stufen hinauf. Die Vorhänge schwangen ein letztes Mal zur Seite und in der weißen Leinwand öffnete sich eine Tür. Es wurde dunkel um mich herum und nur das Spotlight erhellte Martin, der mir ein letztes Mal zuwinkte und dann lächelnd, wie er gekommen war, nun meinen Raum auch wieder verließ.

Das Spotlight erlosch. Für einen kurzen Moment stand ich im Dunkeln. Doch dann leuchtete über meiner eigenen Tür das Ausgangsschild grell grün auf und ein Pfeil wies mir blinkend den Weg. Ohne zu zögern verließ ich meinen Raum und kehrte in mein Leben zurück. Aus der Dunkelheit ins Licht.

Etwas hatte sich grundlegend verändert.

***

KAPITEL 14

AUS DEM DUNKEL INS LICHT

Ich schlug die Augen auf. Weiches, warmes, helles Licht leuchtete mir entgegen. Ich hörte das leise stetige Piepen des Überwachungsmonitors. Sofort war Mamas Gesicht da! Sie lachte und weinte, nahm mein Gesicht zwischen ihre Hände und küsste meine Stirn, meine Nase. Dann nahm sie mich fest in den Arm.

Ich stöhnte leise auf. Jetzt spürte ich wieder den dumpfen Schmerz über meinen Rippen. Er war nicht schlimm, aber er war da.

»Du bist wieder da«, sagte sie und setzte sich auf den Stuhl neben meinem Bett, ohne meine Hand loszulassen.

»Ich war nie weg«, erwiderte ich schwach. Meine Stimme hörte sich grauenvoll an: krächzend, brüchig, schlapp.

Genauso fühlte ich mich auch. Und ich hatte Durst. Obwohl ich literweise Cola getrunken hatte, dachte ich. »Gibt es was zu trinken?«, fragte ich.

Mama drückte meine Hand, dann griff sie nach einem Glas, das auf meinem Schränkchen stand.

»Wasser?«, krächzte ich und lächelte schief. »Echt jetzt? Cola wäre mir lieber!«

Mama grinste und hielt mir das Glas an die Lippen. »Kleine Schlucke«, sagte sie.

Ich nickte.

Eine Schwester kam herein. Es war Schwester Klara. Auch sie lächelte mir entgegen und warf dann einen Blick auf den Monitor. »Wie ich sehe, hast du deine Tür gefunden«, sagte sie. Sie zog aus ihrem Kittel eine kleine Taschenlampe und leuchtete mir damit in die Augen. Das war fies hell. »Alles wieder gut, wie ich sehe«, sagte sie und boxte mir freundschaftlich auf den Arm. »Du hast uns allen einen ganz schönen Schrecken eingejagt, aber gut, dass du nun zurück bist!«

»Ich war gar nicht weg«, wiederholte ich erneut, bis mir einfiel, dass sie das ja nicht wissen konnte. Für sie und Mama war das ein Koma gewesen, in dem mein Geist wirklich weg gewesen war.

Ich würde Mama und Papa später davon erzählen, jetzt fielen mir die Augen zu. Ich war sehr müde. Komisch, ich hatte doch gar nichts gemacht, nur rumgesessen und Filme geguckt. Dennoch konnte ich nicht länger durchhalten. »Ich möchte ein wenig schlafen«, nuschelte ich noch, dann war ich auch schon eingenickt.

Als ich das nächste Mal aufwachte, war Papa da. Er saß an meinem Bett und las mir etwas vor. Sofort umarmte er mich und küsste mich, als er merkte, dass ich wach war. »Deine Mutter kümmert sich um Sally«, sagte er. »Schön, dass du wieder …«

»… ich war nicht weg«, unterbrach ich ihn und versuchte ein Lächeln. Ich ließ es sofort wieder, als ich die Schramme auf meiner Wange spürte. Das war eindeutig ein Vorteil in meinem Raum gewesen, dass man nichts spürte.

Ein großer Mann mittleren Alters trat durch die Tür. »Da ist ja jemand wach geworden«, sagte er und ich erkannte an seiner Stimme, dass es wohl mein behandelnder Arzt war. Auch er leuchtete mir noch einmal in die Augen, hörte mein Herz und meine Lunge ab und nickte dann zufrieden. »Ich denke, dass du noch ein, zwei Tage zur Beobachtung hierbleibst und dann nach Hause kannst, Sonny«, sagte er. »Du wirst dich hier noch richtig gut erholen und deine Ruhe haben, bevor es in den Alltag zurückgeht.« Er zwinkerte mir zu und verließ das Zimmer.

»Kann ich mich aufsetzen?«, fragte ich und versuchte, mich abzustützen.

»Klar.« Papa half mir und polsterte ein Kissen hinter meinem Rücken auf.

Das war besser. Nun konnte ich mich im Raum umschauen. Erstaunt stellte ich fest, dass alles genauso war, wie ich es in meinen kurzen »Besuchen« gesehen hatte. Die gelben Blumen auf dem Schrank, der Kalender an der Wand, MP3-Player und Geschenk auf dem Beistelltischchen. Mein Blick blieb auf dem Geschenk haften.

»Reichst du mir das Geschenk von Markus und Lukas, bitte?«, fragte ich meinen Vater.

Ich sah, dass er die linke Augenbraue hochzog, wie er es immer tat, wenn ihn jemand oder etwas überraschte. »Woher weißt du, dass es von Markus und Lukas ist?«

»Ich habe gesehen, wie sie es dort hingelegt haben«, erwiderte ich, »außerdem habe ich gehört, wie du es gesagt hast.«

Papa blickte mich immer noch ganz perplex an.

»Na ja«, meinte ich, »ich habe doch gesagt, dass ich nicht weg war ...«

»Das scheint wohl so«, sagte Papa, »viele Menschen, die diese Erfahrung auch gemacht haben, berichten, dass sie Worte hören, Gesichter erkennen konnten. Und Schwester Klara meinte, man müsse den Menschen oft nur helfen, wieder durch ihre Tür zu gehen.«

Ich nickte. »Das stimmt.«

Mein Vater reichte mir das Geschenk. Es war wirklich ziemlich verknittert. Neugierig riss ich das Papier auf. Ein gelbes T-Shirt purzelte mir entgegen. Ich schüttelte es auseinander und betrachtete die Vorderseite. »Nice«, sagte ich sprachlos, »absolut cool!«

Im Graffiti-Stil war Rafael Nadal darauf abgebildet. Kopf, Oberkörper und zusammengeballte Siegerfaust in blauen, schwarzen und roten Sprenkeln.

»Mega!« Ich war total baff. Markus und Lukas hatten voll meinen Geschmack getroffen. Erstmal war es gelb, also meine absolute Lieblingsfarbe. Und dann auch noch mit Nadal, meinem Lieblingstennisspieler, darauf. Er trug sein typisches zusammengeknotetes Stirnband und reckte die Faust in die Höhe.

Mein Vater reichte mir eine Karte. »Die lag dabei.«

Ich griff danach. Auf der Vorderseite waren der Schokoriegel und das Glas Milch aus der Werbung zu sehen, die verliebt Arm in Arm auf einer Bank saßen und träumerisch in den Sonnenuntergang blickten. Da drunter stand: »Erst zusammen richtig gut!«

Ich drehte die Karte um und las die hingekritzelten Worte: »Sehen wir auch so!« Unterschrieben hatten beide: Markus und Lukas.

Mehr Worte waren an dieser Stelle gar nicht nötig. Ich

hatte verstanden, was sie damit sagen wollten. Klar konnte man denken, dass sie den Schokoriegel lecker fanden, aber ich wusste, dass sie damit auf Schokobraun und Milchweiß anspielten und sich mit dieser Karte entschuldigten.

»Ich glaub, du brauchst das hier«, sagte Papa und reichte mir mein Handy. Er stand auf und ging zur Tür. »Dann lass ich dich mal«, sagte er, »aber nicht zu lange, hörst du?«

»Hey, Alter, Mann, du bist wach!«, ertönte die Stimme von Markus durch mein Handy.

»Das war ein krasser Scheiß«, kam es aus dem Hintergrund. Ich erkannte Lukas.

Wir redeten lange und ausgelassen über meinen Sturz, darüber, dass ich sicher Gold gewonnen hätte, wäre es eine olympische Disziplin, ich bedankte mich für ihre Hilfe, das T-Shirt, die Musik und die Karte. »Sie bekommt einen Ehrenplatz«, versprach ich.

»Geht alles klar, Mann«, sagte Markus. »Hauptsache, du kommst wieder auf die Beine.«

»Ich gebe mir größte Mühe!«, erwiderte ich.

»Aber dein Fahrrad ist echt hin«, meinte Markus. »Johannes hat es von der Straße gezogen und mein Vater hat es anschließend im Kofferraum zu euch gefahren.«

»Ist nicht schlimm«, sagte ich. »Es hat sowieso schon so viel aushalten müssen. Wird vielleicht Zeit für ein neues.«

»Für Neues wird es Zeit, das kannst du laut sagen, Mann«, sagte Markus. »Sowas machen wir bestimmt nicht mehr mit, echt.«

»Ihr müsst euch nicht entschuldigen«, sagte ich und merkte, dass ich es wirklich so meinte. »Wir fangen einfach nochmal von vorn an, abgemacht?«

»Aber sowas von!«, sagten beide.

Danach skypte ich mit Maurice.

»Du siehst echt mies aus, Alter«, sagte er, »aber auch nicht viel anders als sonst.«

»Haha«, sagte ich trocken, doch dann lachten wir beide.

Maurice war der Erste, dem ich von meinem Raum und der Begegnung mit Martin Luther King erzählte. Am Ende sagte er: »Dir ist schon klar, dass das alles in deinem Unterbewusstsein abgelaufen ist, oder?«

»Sicher«, erwiderte ich, »aber es ist jetzt in meinem Bewusstsein geblieben! Und ich kann endlich verstehen, was du an ihm die ganze Zeit über so toll fandst.«

»Siehst du«, grinste Maurice, »die Hoffnung stirbt zuletzt: Mein Freund Sonny hat mal einen Geistesblitz.«

Es tat so gut, mit Maurice zu skypen, aber auch mit Mama und Papa zu sprechen, tatsächlich wieder zurück zu sein. Am meisten aber freute ich mich auf die weiteren Begegnungen mit Markus, mit Lukas und Johannes, auch mit den anderen Jungs. Ich wollte zeigen und beweisen, dass ich fähig war, die Idee von Martin umzusetzen.

Ob ich alle damit erreichte und vielleicht eine Veränderung hervorrufen würde? Nun ja, das würde die Zeit zeigen. Ich für mein Teil wollte nicht derjenige sein, der zerstörte, sondern der, der Frieden stiftete. Vielleicht gelang es mir nicht gleich, vielleicht gelang es mir nicht immer! Aber ab sofort war ich auch nicht mehr allein in meinem Bemühen. Das Licht siegte über die Dunkelheit, darauf war Verlass.

***

EPILOG

Johannes hat in den letzten Tagen viel Zeit bei mir verbracht. Er hat gemeint, dass es viel zu schade sei, so ein tolles Bike einfach auszurangieren. Er sei keiner, der große Worte sagte oder viel redete, aber er sei ganz geschickt im Reparieren und Herumschrauben, hat er gesagt, deshalb würde er mir helfen, das Rad wieder zu richten. Auch einen neuen Lack hat mein Fahrrad bekommen. Es leuchtet nun sonnenblumengelb.

Die Brücken, die ich baute, hielten. Die Lücken, die Daniel versucht hatte zu reißen, konnten ihnen nichts anhaben. Veränderung findet immer erst im Kleinen statt, doch sie wächst, wie eine Pflanze, die aus der Dunkelheit heraus nach dem Licht strebt. Der Platz in der Kirchenbank neben mir blieb nicht mehr leer, Markus kam oft zu mir nach Hause, um sich mit mir über den neuesten Style zu unterhalten, oder wir hingen in meinem Raum unterm Dach ab und hörten unsere Playlists durch.

Wir spielten hinterm Haus auf der Wiese Fußball oder chillten in dem kleinen Boot, das am neuen Steg vertäut im Bach lag.

Die Karte der Jungs hatte ich in meinen Fotovorhang gesteckt. Sie markierte den Beginn einer wundervollen Zeit der Freundschaft. Dazu kamen viele Fotos von gemeinsamen Unternehmungen, das Mannschaftsfoto beim Pokalsieg und auch Kinokartenabrisse.

Wieder war es Freitagabend, kurz vor halb sechs. Ich stand mit Markus und Lukas an der Hecke und wartete auf die anderen Jungs. Johannes und Dennis kamen nur wenige Minuten nach uns. Wir warteten hier auf die restlichen Jungs, um gemeinsam zum Training zu fahren.

Tim kam, dann Ben, Luca und Leo.

»Sind alle da?«, fragte Leo. »Können wir los?«

»Daniel fehlt noch«, sagte Dennis.

Daniel kam zum Schluss. Er kam von rechts über die Straße und hielt direkt auf uns zu. Er bremste und kramte dann in seiner Sporttasche. Schließlich reichte er mir etwas unbeholfen eine Papiertüte. Ich öffnete sie und warf einen Blick hinein. Ich erkannte zwei rotweißkarierte Tüchlein über dem Deckel zweier Marmeladegläser.

»Erdbeer«, sagte er, »mit Grüßen von meiner Mutter …«

»Wie cool ist das denn«, sagte ich, »meine Lieblingsmarmelade!«

Mehr war gar nicht nötig. Wir waren beide nicht die großen Redner, auch wenn Martin gesagt hatte, ich hätte Talent dazu. Aber das reichte uns ja auch. Daniel hatte den Weg über meine Brücke genommen und seine Mutter war dabei.

Wir griffen nach unseren Taschen, setzten uns auf unsere Fahrräder und brausten den Schotterweg entlang zum Training – zusammen – und keiner von uns musste eine Strafrunde laufen.

»Martin Luther King ist die erste Persönlichkeit in der westlichen Welt, die uns gezeigt hat, dass ein Kampf ohne Gewaltanwendung geführt werden kann.«*

Und er ist nicht der letzte.

Mein Name ist Sonny, ich habe euch die Geschichte erzählt, ich bin schwarz, aber das spielt keine Rolle mehr!

***

* Nobelpreiskomitee über Martin Luther King, 10. Dezember 1964 (Rede zur Verleihung des Nobelpreises) – Quelle: https://geboren.am/person/martin-luther-king

ANHANG 1

KURZBIOGRAFIE: MARTIN LUTHER KING 1929-1968

1929 Martin Luther wird als Michael King Junior am 15. Januar in Atlanta, Georgia, USA geboren.
Vater: Michael (später: Martin Luther) King Senior, baptistischer Pfarrer Atlanta.
Mutter: Alberta Christine Williams King, Lehrerin.
Seine Vorfahren haben noch als Sklaven auf Baumwollplantagen gearbeitet.

1934 Deutschlandreise von Martins Vater. Zu Ehren von Martin Luther, den er sehr bewunderte, änderte Martins Vater seinen eigenen Vornamen und den seines Sohnes in Martin Luther.

1935 Martin und seine Schwester Christine gehen zur Schule für schwarze Schüler.

Ab 1939 In der sechsten Klasse wechselt Martin auf die »David T. Howard Colored Elementary School«. Im Alter von 13 Jahren besucht er schließlich die »Booker T. Washington High-School«. Er überspringt das neunte und das zwölfte Schuljahr. Das Lernen fällt ihm leicht.

Der Zweite Weltkrieg hat begonnen.

Bis 1941 Die Familie King wohnt in der Auburn Avenue, in der viele wohlhabende Schwarze wohnen.

1943 Teilnahme und Sieg bei einem Redner-Wettbewerb in Dublin, Georgia.

1944 Mit erst 16 Jahren beginnt Martin am 20. September sein Studium am Morehouse College, der einzigen Hochschule für Schwarze im Süden des Landes.

Dort hört er das erste Mal von Mahatma Gandhi und seinem gewaltfreien Widerstand gegen Ungerechtigkeiten.

Mit 17 Jahren wird Martin Hilfsprediger seines Vaters in Atlanta.

1948 Abschluss des Studiums der Soziologie.

Ab 1948 Immer wieder gewinnt Martin Studentenwettbewerbe in politischer Rede und beginnt schließlich mit dem Studium der Theologie.

1951 Im Mai Abschluss des Studiums der Theologie.

1953 18. Juni: Martin heiratet Coretta Scott Williams. Die Hochzeit findet in ihrem Elternhaus statt.

Die Trauung wird von Martins Vater vorgenommen. Martin und seine Frau haben 4 Kinder: Yolanda Denise, Martin Luther III, Dexter Scott und Bernice Albertine

1954 Martin wird Pastor einer Baptisten-Kirche in Montgomery (Alabama).

1955 Martin schreibt seine Doktorarbeit. Er bekommt den Titel »Doctor of Philosophy« (Dr. phil.).
Immer wieder beschäftigt sich Martin mit Gandhis Thesen der Gewaltfreiheit.
Der Vietnamkrieg beginnt.

1955/56 Busboykott: Martin wird Leiter des Boykotts: Schwarze benutzen nicht mehr die öffentlichen Busse. Hervorgerufen wird der Boykott von Rosa Parks, einer farbigen Bürgerrechtlerin, die sich weigert, für einen weißen Mann im Bus ihren Sitzplatz freizumachen. Sie wird verhaftet und zu einer Geldstrafe verurteilt. Aus Solidarität boykottieren alle Farbigen die öffentlichen Busse.

1956 31. Januar: Auf Martins Pfarrhaus wird ein Bombenanschlag verübt, niemand wird verletzt.
13. November: Rosa Park bekommt Recht zugesprochen. Die Rassentrennung in den öffentlichen Verkehrsmitteln wird als verfassungswidrig erklärt.

1957 Martin wird am 10. Januar Leiter der neu gegründeten Southern Christian Leadership Conference (SCLC).
27. Januar: Es findet erneut ein Bombenattentat auf die Pfarrei statt.
Martin hält über 200 Reden und setzt sich weiter für Gewaltfreiheit ein. Sein Freund Ralph Abernathy unterstützt ihn in allem.
Martin schreibt sein erstes Buch: »Schritte zur Freiheit: Die Montgomery Story«.
Immer mehr Weiße schließen sich der Bewegung

an und kämpfen Seite an Seite mit Schwarzen für ihre Rechte.

1960 Martin kündigt seine Pastorenstelle in Montgomery. Er predigt zusammen mit seinem Vater in der Ebenezer Baptist Church in Atlanta. Martin hat somit mehr Zeit, um sich an der Bürgerrechtsbewegung zu beteiligen.

19. Oktober: Martin wird nach einem Sitzstreik festgenommen. Er weigert sich, eine Kaution zu zahlen, und bleibt in Gewahrsam.

25. Oktober: Martin wird von einem Richter zu vier Monaten Zwangsarbeit verurteilt. Er wird schlecht behandelt und erkältet sich stark.

28. Oktober: Martins Schicksal wendet sich: John F. Kennedy, Präsidentschaftskandidat, bietet seine Hilfe an. Martin wird schließlich gegen Kaution von 200 US-Dollar freigelassen.

John F. Kennedy wird US-Präsident.

1961 In Deutschland (Berlin) wird die Mauer gebaut, die das Land zwischen Ost und West trennt.

1961–
1963 15. Dezember: Martin fliegt nach Albany in Georgia zu den »Freedom Rides« (gewaltfreie und wenig organisierte Proteste kleiner Gruppen gegen die öffentliche Rassentrennung).

Martin demonstriert unerlaubt mit und wird wieder verhaftet.

Bis 1963 folgen weitere Proteste. Von diesem Zeitpunkt an wird das Lied »We Shall Overcome« zur Hymne der Bürgerrechtsbewegung. Sie wird von Joan Baez gesungen, die politisch mit Martin zusammenarbeitet.

1963 3. April: Sitzstreiks beginnen, um gegen Kaufhäuser zu demonstrieren, die von Weißen geführt werden.
Martin unterstützt sie und versucht, die Demonstranten zu motivieren.
12. April: Martin wird erneut festgenommen.
16. April: Martin schreibt aus der Haft einen Brief, der sich gegen das brutale Vorgehen der Polizei wendet. Daraufhin wird Martin aus der Haft entlassen.
Martin will auch Kinder und Jugendliche in den Protest einbinden.
2. Mai: Fast 1000 Kinder werden verhaftet, die für die Gleichberechtigung und integrierte Schulen demonstrieren. Die Polizei geht mit massiver Gewalt vor.
10. Mai: Es kommt schließlich zu einer Einigung: Rassenschranken in allen Restaurants der Stadt werden aufgehoben.
Eine Kommission wird gegründet, die die Grundlage für das Verhältnis von Schwarzen und Weißen erarbeiten soll und 2500 inhaftierte schwarze Demonstranten werden aus der Haft entlassen.
19. Juni: Gesetzesvorlage durch Präsident Kennedy zur landesweiten Aufhebung der Rassentrennung.
Über 200 Demonstrationen finden statt.

22. Juli: Martin trifft den Präsidenten im Weißen Haus.
28. August: friedlicher Protestmarsch von mehr als 250.000 Menschen, darunter mehr als 60.000 Weiße.
Martin hält seine Rede: »Ich habe einen Traum«.
Er wird zur Person des Jahres durch das »Time Magazin« gewählt.
Ermordung von Präsident Kennedy im November.
Neuer Präsident wird L. B. Johnson.

1964 Martin bereist Europa und kommt auch nach Deutschland. In Berlin spricht er vor 20.000 Menschen. Martin kritisiert die trennenden Mauern der Feindschaft.
10. Dezember: Martin wird mit dem Friedensnobelpreis ausgezeichnet.

1965 In der Kleinstadt Selma bei Montgomery versucht Martin mit Demonstrationen, die Aufnahme Schwarzer in die Wählerlisten zu erreichen, ohne dass sie getestet werden.
Im März spricht sich Präsident Johnson für ein neues Wahlrechtsgesetz aus.
6. August: Das neue Gesetz wird unterzeichnet, das allen ein freies Wahlrecht zuspricht.
Im Norden des Landes finden zunehmend gewalttätige Widerstände statt. Martin versucht zu helfen, wird aber nicht akzeptiert.

1966 Martin hat die Idee, die symbolhafte Aktion seines Namenspatrons Martin Luther, aufzunehmen.

Martin Luther hatte im Jahr 1517 seine 95 Thesen gegen den Ablasshandel an die Kirchentür zu Wittenberg geschlagen.
Martin verfasst 48 Thesen und hält am »Freiheitssonntag«, dem 10. Juli vor 36.000 Zuhörern eine Rede.
Dann führt Martin die Menge zum Rathaus. Er heftet seine Thesen an die Metalltür. In ihnen prangert Martin in Chicago vorrangig die ungleiche Situation für Schwarze und Weiße an und fordert Verbesserungen der Wohn-, Bildungs- und Arbeitsverhältnisse ein.
31. Juli: Martin wird bei einem Mietboykott mit einem Ziegelstein am Kopf verletzt.
Martin wendet sich immer mehr gegen den Vietnamkrieg, der seit 1955 tobt. Präsident Johnson entzieht ihm deshalb seine Unterstützung.

1967 Mitte April führt Martin eine Demonstration von etwa 200.000 Menschen durch New York City. Immer mehr Stimmen zur Gewaltbereitschaft werden aber laut.

1968 3. April: Martin hält erneut eine wichtige Rede, die einmal mehr zur Gewaltfreiheit aufruft und den Krieg verurteilt.
4. April um 18:01 Uhr: Martin wird auf dem Balkon eines Motels erschossen.
Grabstätte: South View Cemetery, Atlanta, Georgia, USA.

1977 Martin bekommt nach seinem Tod die Freiheitsmedaille verliehen. Es ist die höchste zivile Auszeichnung in den USA.

1978 Martin erhält den Menschenrechtspreis der Vereinten Nationen.

1980 Martins Geburtshaus wird zu einem Ort von nationaler historischer Bedeutung erklärt.

1981 Der Asteroid (2305) wird nach Martin benannt.

1984 Die Band U2 schreibt die Songs Pride (In the Name of Love) und MLK (auf dem Album The Unforgettable Fire) zu Ehren Martins und seines Lebenswerks.

1986 Ein nationaler Feiertag zu Ehren von Martin wird eingerichtet: Martin Luther King Day, der jedes Jahr am dritten Montag im Januar begangen wird.

1987 Die »Martin Luther King Jr. Memorial Foundation« kauft das Motel, in dem Martin erschossen wurde, und wandelt es in ein Museum um.

2011 16. August: In Washington wird das »Martin Luther King, Jr. National Memorial« von Präsident Obama eingeweiht.
22. Oktober: Es wird für die Besucher geöffnet.

***

ANHANG 2

TEXT: ICH HABE EINEN TRAUM (GEKÜRZTER AUSZUG)*

[...] wir halten diese Wahrheiten als offensichtlich,
dass alle Menschen gleich geschaffen sind [...]

Ich habe einen Traum,
dass eines Tages die Söhne von früheren Sklaven und die
Söhne von früheren Sklavenbesitzern [...]
sich am Tisch der Bruderschaft gemeinsam niedersetzen können.

Ich habe einen Traum,
dass meine vier kleinen Kinder eines Tages in einer Nation
leben werden, in der sie nicht wegen der Farbe ihrer Haut,
sondern nach dem Wesen ihres Charakters beurteilt werden.

Ich habe einen Traum,
dass eines Tages [...] kleine schwarze Jungen und Mädchen
mit kleinen weißen Jungen und weißen Mädchen
als Schwestern und Brüder Hände halten können.

Vom jedem Berghang lasset die Glocken der Freiheit läuten.

Endlich frei, endlich frei. Danke Gott, Allmächtiger,
endlich frei [...]

* Martin Luther King jr., deutsche Übersetzung des Amerika Dienst der US-Botschaft in Deutschland, https://usa.usembassy.de/etexts/soc/traum.htm.

ANHANG 3

ANHANG 4

KLEINES GLOSSAR – ALPHABETISCH

A

Abraham Lincoln

Hat gelebt von 1809-1865 und war der 16. Präsident der Vereinigten Staaten von Amerika. Er führte gegen die Südstaaten des Landes Krieg, denn sie wollten die Sklaverei nicht aufgeben und sich aus der Union der Staaten lösen. Sie wollten einen eigenen Staatenbund (Konföderierte Staaten von Amerika) bilden. Abraham Lincoln schaffte es in dem folgenden Bürgerkrieg (Sezessionskrieg), die Südstaaten zu besiegen und wieder in die Union einzugliedern. Gleichzeitig wurde dadurch die Sklaverei offiziell abgeschafft. Er war leider aber auch der erste Präsident, der aufgrund seiner politischen Haltung einem Attentat zum Opfer fiel.

B

Bloody Sunday

Zwischen dem 7. und dem 21. März 1965 fanden insgesamt drei Märsche von Selma nach Montgomery statt, um das Wahlrecht der Schwarzen durchzusetzen. Den ersten

Marsch der friedlichen Demonstranten stoppte die Polizei auf der Edmund-Pettus-Brücke mit brutaler Gewalt. Sie setzten Schlagstöcke und Tränengas ein. Viele wurden verletzt und verhaftet. Der Sonntag wurde daraufhin als blutiger Sonntag (Blutsonntag) bezeichnet.

Boykott
Es ist ein organisierter Protest gegen etwas, ein Verweigern von bestehenden Regeln oder Gesetzen. Es ist aber auch ein Druckmittel, um die eigenen Ansichten oder Wünsche durchzusetzen.

D

Diskriminierung
Wenn jemand diskriminiert wird, dann wird er benachteiligt oder herabgewürdigt, weil er anders ist (evtl. aufgrund seiner Hautfarbe, seiner Sprache, seiner sozialen Stellung usw.). Oft spielen dabei Vorurteile eine Rolle.

F

Freedom Rides
Wörtlich: »Freiheitsfahrten«. Nach dem durch Rosa Parks begonnenem Busboykott in Montgomery, sollte nun auch die Abschaffung der Rassentrennung in den Überlandbussen durchgesetzt werden. Viele Menschen, schwarz und weiß, beteiligten sich 1961 an den friedfertigen Fahrten über Land, indem sie gemeinsam den Bus benutzten und auch alle Plätze, egal ob für weiße oder schwarze Mitreisende, be-

legten. Oft wurden diese Fahrten jedoch von Mitgliedern des Ku-Klux-Klans attackiert und die Menschen aus den Bussen gezerrt, verprügelt und misshandelt oder bei ihrer Ankunft im Busdepot verhaftet.

G

Gandhi

Mohandas Karamchand Gandhi, genannt Mahatma Gandhi (die große Seele) hat zwischen 1869 und 1948 vorwiegend in Indien gelebt. Er war Rechtsanwalt und Widerstandskämpfer, aber vor allem Pazifist (s. u.). Er setzte sich für die Abschaffung der Rassentrennung in Südafrika, aber auch für die Durchsetzung von Menschrechten und Frauenrechten in Indien ein. Er war politischer und geistiger Anführer der indischen Unabhängigkeitsbewegung. Indien wollte sich von seiner britischen Herrschaft befreien. Er vermittelte zwischen den christlichen Briten, den hinduistischen Indern und den Moslems, die später den Staat Pakistan besiedelten. Er prägte den gewaltfreien Widerstand wie kein anderer und war deshalb auch das große Vorbild von Martin Luther King. Gandhi fiel einem Attentat zum Opfer.

H

Hitler/Hitlergruß

Adolf Hitler hat von 1889 bis 1945 gelebt. Er war Diktator des Deutsches Reiches. Er hat den Zweiten Weltkrieg entfesselt und mit Hilfe seiner Schutzstaffel (SS) und der Geheimen Staatspolizei (Gestapo) seine Macht immer mehr ausgebaut. Er ließ Millionen Juden verfolgen und vergasen. Wer ihm oder seinen Leuten begegnete, musste den Hitlergruß zeigen, denn es war der offizielle Gruß aller Volksgenossen. Man musste den rechten Arm mit flacher Hand etwas schräg (etwa auf Augenhöhe) nach oben strecken und dazu die Worte »Heil Hitler« oder »Sieg Heil« sagen. In Deutschland ist es absolut verboten, den Hitlergruß zu zeigen!

J

Joan Baez

Sie ist eine US-amerikanische Sängerin, die 1941 in New York City geboren wurde. Sie spielt sehr gut Gitarre und wurde bekannt als Pazifistin und Bürgerrechtlerin, die Martin Luther King in seiner Bewegung des gewaltfreien Widerstands unterstützte. Sie sang den Gospel »We shall overcome« und machte ihn damit zur »Hymne« der Bewegung.

K

Ku-Klux-Klan

Abkürzung KKK, ist ein Geheimbund, gegründet 1865 im Süden der USA, bestehend aus ausschließlich weißen, rassistisch motivierten und sehr gewalttätigen Menschen. Ziel war und ist die Unterdrückung der Schwarzen. Die Mitglieder tragen weiße lange Kutten und verbergen ihre Gesichter. Ihre politischen Ziele wollen sie mit Gewalt und Terror erreichen und richten sich dabei auch gegen Weiße, die die Farbigen unterstützen oder mit ihnen sympathisieren. Sie gehen mit den antisemitischen Lehren Hitlers (Judenverfolgung und Judenvernichtung) konform und verehren ihn und seine Taten auch heute noch.

L

Lynchjustiz

Der Begriff umschreibt die Verurteilung und Tötung (oft durch Erhängen) von Menschen außerhalb der gesetzlichen Rechtsprechung, also ohne Prozess und richterlichem Urteil. Die Vollstrecker meinen, das Recht zu haben, das Gesetz in ihre eigenen Hände nehmen zu dürfen. Diese Selbstjustiz richtete sich insbesondere von Mitgliedern des Ku-Klux-Klans an Schwarze, sie wurden oft des Nachts gefangen und erhängt (Lynchmorde).

M

Malcolm X

Er lebte von 1925 bis 1965 in den USA und war ein bekannter Bürgerrechtler, der zum Islam konvertierte und der Gruppierung *Nation of Islam* angehörte. Im Gegensatz zu Martin wollte er die Rechte der Schwarzen mit Gewalt durchsetzen. Nachdem er den Anführer der Gruppierung (Elijah Muhammad) mehrmals öffentlich kritisiert hatte, wurde er aus den eigenen Reihen 1965 erschossen.

MIA

Die *Montgomery Improvement Association* war ein Bürgerausschuss zur Verbesserung der rassischen Beziehungen.

Martin wurde ihr Präsident. Sie führte den Busboykott durch, der durch Rosa Parks Weigerung aufzustehen, ganz groß ausgebaut wurde und 385 Tage andauerte.

N

NAACP

National Association for the Advancement of Colored People (Nationale Organisation für die Förderung farbiger Menschen). Sie wurde 1909 gegründet und setzte sich für die Rechte afroamerikanischer Mitbürger in den USA ein. Später unterstützte sie den Busboykott und den Marsch auf Washington und somit auch die Ziele und die gewaltfreie Bewegung Martins.

Nation of Islam

Sie heißt eigentlich »Die verlorene und wiedergefundene Nation des Islam« und wurde auch bekannt als *Black Muslims (»Schwarze Moslems»).* Sie wurde im Jahr 1930 durch Elijah Muhammad gegründet. Sie wollte die Rechte der Schwarzen durchsetzen, wenn es sein musste auch mit Gewalt. Malcolm X war eines ihrer bekanntesten Mitglieder.

P

Patriotismus

Patriotismus ist ein anderes Wort für Vaterlandsliebe. Das bedeutet, dass eine große emotionale Verbundenheit zur eigenen Nation besteht und man sein eigenes Land mehr als andere Länder liebt.

Pazifismus
Das Wort bezeichnet eine Grundhaltung, die den Krieg und alle bewaffneten Konflikte ablehnt. Dauerhafter Friede durch Gewaltfreiheit ist ihr Wunsch. Gandhi und auch Martin waren Pazifisten.

R

Ralph Abernathy
Ralph David Abernathy lebte von 1926 bis 1990. Er war ein baptistischer Geistlicher und Bürgerrechtler der USA. Darüber hinaus war er Martins bester Freund und Unterstützer. Er nahm am Busboykott genauso teil wie an den Protestmärschen und Kundgebungen der Bewegung des gewaltfreien Widerstands. Wie Martin auch, wurde er mehrfach inhaftiert, geschlagen und angegriffen. Nach Martins Ermordung übernahm er den Vorsitz der SCLC und führte Martins Bewegung und Lebenswerk weiter.

Rhetorik
Bezeichnet die Kunst der Rede. Schon im alten Griechenland galt es, durch Reden, jemanden von seinem Standpunkt zu überzeugen. Dabei spielte die Kunst, wie man etwas sagte, eine große Rolle, aber auch die Wissenschaft, wie man etwas wirksam für andere darlegte. Martin war ein hervorragender Rhetoriker, der die Massen von seinen Ansichten durch Worte überzeugen konnte.

Rosa Parks
Sie lebte von 1913 bis 2005 und war eine US-amerikanische Bürgerrechtlerin. Sie startete mit ihrer Weigerung, ihren Sitzplatz im Bus aufzugeben, im Dezember 1955 den Busboykott in Montgomery, Alabama. Sie war Schneiderin, aber auch Sekretärin bei der NAACP und unterstützte die gewaltfreie Bewegung von Martin.

S

SCLC
Die *South Christian Leadership Conference* ist eine Bürgerrechtsorganisation in den USA, die für die Rechte der afroamerikanischen Bevölkerung eintritt. Sie wurde nach dem Busboykott gegründet und war neben der NAACP die zweite treibende Kraft der Aufhebung der Rassentrennung in den USA. Martin war ihr Vorsitzender. Nach seiner Ermordung führte Ralph Abernathy den Vorsitz und auch die Arbeit Martins weiter.

V

Vietnamkrieg
Wird auch als Zweiter Indochinakrieg bezeichnet. Er fand von 1955 bis 1975 statt und kostete Millionen Menschen das Leben. Vietnam teilte sich nach einem Bürgerkrieg in Nord- und Südvietnam. Nordvietnam war kommunistisch regiert, während der Süden antikommunistisch eingestellt war. Ab 1965 entsandte der amtierende Präsident der Vereinigten Staaten von Amerika Lyndon B. Johnson immer mehr Truppen nach Vietnam und bombardierte nun auch

Nordvietnam. Russland und auch China unterstützten daraufhin den Norden. Der Krieg endete nach Abzug der amerikanischen Streitkräfte durch den Sieg des Nordens über den Süden 1975.
Martin und auch andere Pazifisten demonstrierten gegen den Vietnamkrieg.

***